Harold R Foster

Band 4 der

Prinz Eisenherz

Werkausgabe

ORIGINALSEITEN 139 BIS 184

Kampf gegen die Hunnen

Carlsen Verlag

CARLSEN COMICS
Lektorat: Andreas C. Knigge
1. Auflage 1988

Aus dem Amerikanischen von Wolfgang J. Fuchs
PRINCE VALIANT (page 139–184)

Lettering: Klaus D. Baedermann

10128834 · ISBN 3-551-71504-1

TRISTRAM
SAVE THIS STAMP
Prinz Eisenherz
KALLA KHAN
SAVE THIS STAMP
UNTER DER KÜHNEN FÜHRUNG VON PRINZ EISENHERZ HAT DIE "LEGION DER HUNNENJÄGER" WIEDERHOLT HUNNEN ANGEGRIFFEN, DIE ÜBER DIE PASS-STRASSE ZOGEN, HAT IHRE PFERDE VERTRIEBEN, IHNEN BEUTE UND VORRÄTE ABGENOMMEN, SO DASS SIE IN DER VON IHNEN SELBST GESCHAFFENEN WÜSTENEI AUSGEHUNGERT WURDEN. DIESEM FLINKEN FEIND SIND DIE HUNNEN NICHT GEWACHSEN.
KALLA KHANS ZORN IST SCHRECKLICH, ALS SICH DIE HUNGRIGEN ÜBERLEBENDEN NACH PANNONIEN SCHLEPPEN UND WEITERE NIEDERLAGEN MELDEN.
DER KHAN LÄSST KARNAK DEN GRAUSAMEN RUFEN. ER BEFIEHLT IHM: „NIMM EINE ARMEE, SÄUBERE UND BEFESTIGE DEN PASS! IN ZWEI MONATEN ERWARTE ICH DICH WIEDER – MIT DEM KOPF VON PRINZ EISENHERZ!"
„DORT DRÜBEN SIND ZWEI PFÄHLE ... AUF EINEM STECKT DER KOPF EINES GESCHLAGENEN GENERALS. DER ANDERE IST FÜR DEN KOPF VON PRINZ EISENHERZ ... ODER FÜR DEN DEINEN!"
IN DER EBENE VOR DEM GEBIRGSPASS ERRICHTET EIN RIESIGES HUNNENHEER EIN BEFESTIGTES LAGER.
DOCH DIE NACHRICHT VON EISENHERZ' ERSTAUNLICHEM ERFOLG HAT SICH HERUMGESPROCHEN. SEIN HEER WÄCHST. SOGAR DER LISTIGE VALENTINIAN SCHICKT IHM 500 BERITTENE KRIEGER AUS ROM ...
... UND DER KÖNIG VON SPANIEN SCHICKT IHM TAUSEND KAMPFERPROBTE WESTGOTEN, WAFFEN UND GELD.
DOCH DIE FREUDIGSTE ÜBERRASCHUNG IST DIE ANKUNFT ZWEIER FAHRENDER RITTER VON KÖNIG ARTHURS FERNEM HOF – DES MÄCHTIGEN TRISTAN UND DES FRÖHLICHEN GAWAIN!
KARNAK
SAVE THIS STAMP
139-10-8-39
TRISTAN WILL BEI ABENTEUER UND KAMPF DIE BLONDE ISOLDE VERGESSEN, GAWAIN WILL DEM MISSFALLEN KÖNIG ARTHURS ÜBER SEINE STREICHE ENTFLIEHEN.
DIE SORGLOSEN TAGE SIND VORBEI, DENN EISENHERZ IST NUN DER ANFÜHRER EINER BETRÄCHTLICHEN ARMEE, DER DIE GEBALLTE MACHT DER HUNNEN GEGENÜBERSTEHT.
SIR GAWAIN
SAVE THIS STAMP

Prinz Eisenherz
TRISTRAM
SAVE THIS STAMP
KALLA KHAN
SAVE THIS STAMP
DIE STÄNDIG WACHSENDE STREITMACHT HÄLT UNTER DER FÜHRUNG VON PRINZ EISENHERZ DEN PASS. DOCH TAGTÄGLICH KOMMEN WEITERE KRIEGER MIT NACHSCHUB IN DAS AUF DER EBENE ERRICHTETE HUNNENLAGER.
SPÄHER DER HUNNEN VERSUCHEN VERZWEIFELT, DIE KAMPFSTÄRKE DER "HUNNENJÄGER" ZU ERKUNDEN.
BEI KLEINEN SCHARMÜTZELN KANN EISENHERZ SEINE SORGEN VERGESSEN, DAHER STÜRZT ER SICH SEITE AN SEITE MIT TRISTAN UND GAWAIN IMMER WIEDER INS GEFECHT!
DANN WERDEN AUF DER ANDEREN SEITE DER PASSSTRASSE, IN IHREM RÜCKEN, IMMER MEHR SPIONE AUFGEGRIFFEN. VON EINEM GEFANGENEN HAUPTMANN ERFÄHRT EISENHERZ DIE URSACHE ...
ZWEI TAGESRITTE SÜDLICH BEFINDET SICH EIN PASS, DEN DIE SCHÖNE, BEFESTIGTE STADT PANDARIS BEHERRSCHT. HERZOG CESARIO VERTEIDIGTE DEN PASS GEGEN DIE HUNNEN, ABER SEIN VETTER PISCARO HAT DURCH VERRAT UND HUNNENHILFE CESARIO GEFANGENGESETZT, SICH SELBST ZUM TYRANNEN GEMACHT UND DEN PASS FÜR DIE BARBAREN FREIGEGEBEN.
VON DEN BERGEN AUS IST BEIM STAND DER VORBEREITUNGEN ABZUSCHÄTZEN, DASS DER GEGNER FRÜHESTENS IN ZWEI MONATEN ANGREIFEN KANN. BEI EINEM VERHÄLTNIS VON ZWANZIG ZU EINS ZU UNGUNSTEN DER "HUNNENJÄGER" WÄRE DEREN LAGE AUSSICHTSLOS, WENN SIE AUCH NOCH IM RÜCKEN ANGEGRIFFEN WÜRDEN.
EARTHEN FORT
SAVE THIS STAMP
HAL FOSTER
140. 10-15-39
Copr. 1939, King Features Syndicate, Inc., World rights reserved.
TROTZ DER EINWÄNDE SEINES KRIEGSRATS MACHT SICH EISENHERZ AUF DEN WEG NACH PANDARIS, NUR BEGLEITET VOM FLINKEN FLITZ UND DEM LANGOHR SOKRATES!
FORT GATE
SAVE THIS STAMP

TRISTRAM
SAVE THIS STAMP
Prinz Eisenherz
KALLA KAAN
SAVE THIS STAMP
EIN SCHNEIDEND KALTER WIND PFEIFT ÜBER DEN HOCHGELEGENEN PFAD, DEN EISENHERZ UND FLITZ, IM SCHUTZE DES WIRBELNDEN SCHNEES, UNGEHINDERT PASSIEREN.
VOR IHNEN LIEGT DIE MIT WEISSEN WALLEN BEFESTIGTE STADT PANDARIS.
IN DER DUNKELHEIT UMGEHEN SIE LEISE DIE KLEINEN HUNNENLAGER AUF DER ANDEREN SEITE DES PASSES.
EINIGE MEILEN VOR PANDARIS MACHT EISENHERZ BEIM HAUS EINES GEWISSEN GUIDO RAST, DER EIN TREUER FREUND CESARIOS IST, UND HOLT AUSKÜNFTE EIN.
„PISCARO IST EIN GRAUSAMER, SCHWACHER UND TÜCKISCHER TYRANN. DIE BEWOHNER VON PANDARIS WÜRDEN CESARIO BEFREIEN, WENN NICHT DIE GANZE STADT VOLLER HUNNEN WÄRE. UND WER ETWAS GEGEN PISCARO SAGT, WIRD RASCH NIEDERGEMACHT."
ALS FAHRENDE HÄNDLER VERKLEIDET, NÄHERN SICH EISENHERZ, FLITZ UND SOKRATES DER SCHÖNEN STADT, DEREN KUPPELN UND TÜRME IM SONNENLICHT LEUCHTEN.
PISCARO
SAVE THIS STAMP
„WAS FÜHRT EUCH IN UNSERE STADT?" FRAGT DIE WACHE AM TOR. „WIR SIND KAUFLEUTE, DIE DIE HUNNEN BETRÜGEN WOLLEN", ANTWORTET EISENHERZ DREIST. „PASSIERT, FREUNDE!" FLÜSTERT DER WÄCHTER.
UNHEILVOLLE STILLE VERRÄT, WIE UNGLÜCKLICH DIE BEWOHNER DER STADT SIND. DIE BEIDEN FREUNDE GEHEN RICHTUNG PALAST, ALS TROMPETEN ERSCHALLEN.
© 1939, King Features Syndicate, Inc., World rights reserved.
141 10-22-39
HAL FOSTER
UND BRUTALE SOLDATEN DEM HERZOG DEN WEG FÜR EINEN AUSRITT FREIPRÜGELN.
CESARIO
SAVE THIS STAMP

Prinz Eisenherz
TRISTRAM
SAVE THIS STAMP
KALLA KHAN
SAVE THIS STAMP
„KNIET EUCH IN DEN STAUB, IHR HUNDESÖHNE! SEINE HOHEIT NAHT!"
DIE SOLDATEN DES PISCARO PRÜGELN MIT IHREN STÖCKEN DEN WEG FÜR DEN TYRANNEN FREI.
DER FALSCHE HERZOG REITET VORBEI, GEZIERT EINE PARFÜMIERTE QUASTE VOR SEINEM GESICHT WEDELND.
„KNIET, HERR!" FLÜSTERN DIE BÜRGER. „EIN SCHLIMMER TOD ERWARTET DEN, DER DEN HERZOG BELEIDIGT." DOCH ALS PRINZ UND RITTER DER TAFELRUNDE WILL EISENHERZ NICHT VOR EINEM TYRANNEN KNIEN. „IN MEINES VATERS STÄLLEN SAH ICH BESSERE MENSCHEN", SAGT ER.
FINSTEREN AUGES GEWAHRT DER TYRANN DIE AUFRECHTE GESTALT DES PRINZEN. SEIN GESICHT RÖTET SICH VOR ZORN. „BRECHT IHM DIE BEINE, DAMIT ER FROH IST, ÜBERHAUPT NOCH KNIEN ZU KÖNNEN", BEFIEHLT ER.
„DANKE, DASS IHR MICH AN MEINE BEINE ERINNERT", RUFT EISENHERZ UND NIMMT SELBIGE IN DIE HAND.
PANDARIS SOLDIER
SAVE THIS STAMP
ER HAT SEINE VERFOLGER SCHON FAST ABGEHANGT, ALS ER UNGLÜCKLICHERWEISE IN EINE SACKGASSE EINBIEGT, AUS DER ES KEINEN AUSWEG GIBT.
HAL FOSTER
DER LÄRM DER VERFOLGER NÄHERT SICH RASCH, ALS IHN PLÖTZLICH EINE STARKE HAND PACKT UND IN EINEN TORBOGEN ZIEHT.
142 10-29-39
Copr. 1939, King Features Syndicate, Inc., World rights reserved.
HAL FOSTER
EISENHERZ ZUCKT SEINEN DOLCH, DOCH EINE RUHIGE STIMME SAGT: „WOLLT IHR EUCH MIR ANVERTRAUEN ODER DEN SOLDATEN DORT DRAUSSEN?"
PISCARO'S GUARDS
SAVE THIS STAMP

TRISTRAM
SAVE THIS STAMP
Prinz Eisenherz
KALLA KHAN
SAVE THIS STAMP
EISENHERZ ZIEHT ES VOR, SICH DEM GEHEIMNIS-VOLLEN FREMDEN ANZUVERTRAUEN, DER IHM RETTUNG VOR DEN VERFOLGERN VERSPRICHT. WÄHREND DIE SOLDATEN DRAUSSEN SCHON GEGEN DIE TÜR HÄMMERN, GEHT DER FREMDE ZUM KAMIN. „FOLGT MIR!“
ER VERSCHWINDET NACH OBEN IN DER FINSTERNIS. EISENHERZ FOLGT IHM RASCH. SEINE TASTENDEN HÄNDE FINDEN SOGLEICH DIE VERTIEFUNGEN, DIE ALS KLETTERHILFEN DIENEN.
SIE KOMMEN IM NEBENHAUS WIEDER ANS TAGES-LICHT. „DAS IST DER GEHEIME TREFFPUNKT DER 'BEFREIER'. ICH HOFFE, EUER HASS AUF PISCARO MACHT EUCH ZU EINEM VON UNS.“
DIE 'BEFREIER' SIND TREUE ANHÄNGER DES HERZOGS CESARIO, DIE DURCH PISCAROS GRAUSAMKEIT GEZWUNGEN SIND, SICH ZU VERKLEIDEN UND ZU VERSTECKEN UND IM GEHEIMEN ZU PLANEN.
EISENHERZ ERFÄHRT, DASS DIE BÜRGER PISCARO HASSEN, VOM DROHENDEN SCHATTEN DER HUNNEN JEDOCH IN SCHACH GEHAL-TEN WERDEN. NUR PISCAROS TOD UND CESARIOS BEFREIUNG KANN DEN TRUPPEN VON EISENHERZ HELFEN.
BIS SPÄT IN DIE NACHT SUCHEN DIE SOLDATEN WEITER NACH EISENHERZ, DA SIE DEN ZORN IHRES HERRN FÜRCHTEN.
WIE EIN GEIST SCHLEICHT WÄHRENDDESSEN FLITZ AUF DER SUCHE NACH SEINEM FREUND DURCH STRASSEN UND GASSEN.
"LIBERATOR"
SAVE THIS STAMP
EISENHERZ HÄLT SICH NICHT LANGE VERSTECKT. ALS HUNNENKRIEGER VERKLEIDET, BEGIBT ER SICH AUSSER HAUS.
Copr. 1939, King Features Syndicate, Inc., World rights reserved.
ABER GANZ GLEICH, WELCHE KLEIDUNG ER TRÄGT, ER KANN NICHT VERBERGEN, DASS ER EIN KÖNIGSSOHN IST UND WIE EIN SOLCHER AUSSIEHT.
143 11-5-39
HAL FOSTER
ER WIRD SOGLEICH ERKANNT, ÜBER-WÄLTIGT UND ZUM PALAST GE-SCHLEPPT... UM PISCAROS RACHE ZUGEFÜHRT ZU WERDEN.
"LIBERATOR"
SAVE THIS STAMP

Prinz Eisenherz

TRISTRAM SAVE THIS STAMP

KALLA KRAN SAVE THIS STAMP

Prinz Eisenherz
TRISTRAM
SAVE THIS STAMP
KALLA KHAN
SAVE THIS STAMP
ZWEI WOCHEN WAR EISENHERZ PISCAROS GEFANGENER. ALS DIESER IHN HÖCHSTPERSÖNLICH AUS DER ZELLE HOLEN LÄSST. „UND NUN ZU MEINER SÜSSEN RACHE", SAGT PISCARO HÄMISCH
DABEI REIBT ER SICH VERGNÜGT DIE HÄNDE.
DIE FOLTERKNECHTE SPANNEN EISENHERZ AUF DIE STRECKBANK UND ZIEHEN DIE KETTEN FEST, WÄHREND PISCARO KICHERND ZUSIEHT.
„NUN SAGE MIR, WER DIE 'BEFREIER' SIND, WER GEGEN MICH ANSCHLÄGE PLANT... EHE DEINE KNOCHEN BRECHEN. SAG, WER CESARIO BEFREIEN WILL, SONST LASSE ICH DEINEN SCHÖNEN LEIB IN STÜCKE REISSEN!"
ERBARMUNGSLOS ZIEHEN DIE FOLTERKNECHTE AN IHREN HEBELN. PLÖTZLICH ERTÖNT EIN LAUTES KNACKEN. EISENHERZ SCHREIT: „ICH SAGE ALLES. AH ..." ER STÖHNT UND FÄLLT IN OHNMACHT.
„IHR NARREN!" KREISCHT PISCARO. „WENN IHR IHN UMGEBRACHT HABT, SOLLT IHR SELBST DIE STRECKBANK KOSTEN! BRINGT IHN ZU SICH UND HOLT MICH, WENN ER REDEN KANN!"
ALS SIE IHN ETWAS SPÄTER RUFEN, SAGT ER: „SOWIE ICH SEIN GESTÄNDNIS HABE, KÖNNT IHR IHN TOTSCHLAGEN."
DAGGER
SAVE THIS STAMP
DAS GEFLÜSTERTE GESTÄNDNIS VON EISENHERZ ENTHÄLT SO VIELE GEHEIMNISSE, DASS PISCARO ES GANZ ALLEIN HÖREN MÖCHTE.
ALS DIE ANDEREN FORT SIND, BLEIBT EISENHERZ SO LANGE STUMM, BIS PISCARO SEINEN DOLCH ZÜCKT UND SICH DROHEND ÜBER SEIN HILFLOSES OPFER BEUGT.
Copr 1939, King Features Syndicate, Inc., World rights reserved.
145 11-19-39
HAL FOSTER
HILFLOS? NUN, NICHT GANZ ... DENN WIE EIN SCHRAUBSTOCK PACKEN ZWEI ARME ZU UND REISSEN PISCARO GERÄUSCHLOS ZU BODEN.
DAGGER
SAVE THIS STAMP

TRISTRAM
SAVE THIS STAMP
Prinz Eisenherz
KALLA KRAN
SAVE THIS STAMP
IM EINEN AUGENBLICK WAR EISENHERZ NOCH DAS SCHEINBAR GEBROCHENE, WILLENLOSE OPFER, IM NÄCHSTEN IST ES DER TYRANN PISCARO, DEN EISENHERZ SO GEPACKT HAT, DASS ER NICHT UM HILFE RUFEN KANN.
ER REISST DEN ÜBERRASCHTEN WIEDER HOCH ...
... UND LEGT DEN IN ZWEI WOCHEN DES ELENDS GEWACHSENEN HASS IN EINEN GEWALTIGEN SCHLAG.
ALS PISCARO WIEDER ZU SICH KOMMT, HAT ER SICH SEHR VERÄNDERT. HAARE UND BART SIND GESCHNITTEN, DIE KLEIDER GETAUSCHT. EIN ARM IST GEBROCHEN, UND ER HAT ANGST.
„IHR DACHTET, IHR HÄTTET MICH ERLEDIGT, WIE? ABER MEINE KNOCHEN SIND NICHT GEBROCHEN. ICH HABE NUR MIT DEN ZÄHNEN GEKNIRSCHT ... UND DER REST WAR GESPIELT", SPOTTET EISENHERZ.
DANN NIMMT ER PISCARO DEN KNEBEL AB UND BERUHIGT IHN MIT EINEM WEITEREN KINNHAKEN. PISCAROS GEZIERTEN GANG NACHMACHEND, VERLÄSST ER DEN KERKER.
CESARIO HAT ALLES DURCH DAS KLEINE FENSTER GESEHEN ... ER KANN ES KAUM GLAUBEN, DASS DIE STÖHNENDE GESTALT AUF DER PRITSCHE NICHT EISENHERZ IST ... UND NEUE HOFFNUNG KOMMT IN DEM HERZOG AUF.
AXE-MACE
SAVE THIS STAMP
MIT GESENKTEM KOPF STOLZIERT EISENHERZ SCHNELL DURCH DIE HELL ERLEUCHTETE HALLE ZU PISCAROS GEMÄCHERN.
„BRINGT CESARIO HER, UND KETTET IHN AN DIE WAND!"
146 11-26-39
Copr. 1939, King Features Syndicate, Inc., World rights reserved.
HAL FOSTER
ALS SIE ALLEINE SIND, SAGT EISENHERZ: „IM PALAST WIMMELT ES VON PISCAROS FREUNDEN. LANGE KANN ICH NICHT UNENTDECKT BLEIBEN. ABER ICH KANN AUCH NICHT FLIEHEN. HABT IHR EINEN PLAN?"
BATTLE-AXE
SAVE THIS STAMP

Prinz Eisenherz
TRISTRAM
SAVE THIS STAMP
KALLA KHAN
SAVE THIS STAMP
„ICH MUSS NICHT NUR WEGEN PISCAROS FREUNDEN HIER WIEDER HERAUSKOMMEN, IHR MÜSST AUCH WIEDER ÜBER PANDARIS HERRSCHEN", MEINT EISENHERZ.
DANN DENKEN ER UND CESARIO ANGESTRENGT NACH, WIE SICH DAS BEWERKSTELLIGEN LIESSE.
„ICH HAB'S!... WIR KÖNNEN NICHT ZU EUREN FREUNDEN GEHEN, ABER WIR KÖNNEN SIE ZU UNS BRINGEN LASSEN!"
„LEGT DIE KETTEN WIEDER AN, CESARIO, WÄHREND ICH DIE WACHE RUFE. UND VERGESST NICHT... ICH BIN PISCARO UND HABE EUCH DIE NAMEN EURER GEFOLGSLEUTE ABGEPRESST."
„MEIN LIEBER VETTER HAT ENDLICH BESCHLOSSEN, SEINE TREUEN FREUNDE ZU VERRATEN... NEHMT IHRE NAMEN AUF UND VERHAFTET SIE. DANN STELLT AB MORGEN NIEMAND MEHR MEINE HERRSCHAFT IN FRAGE."
„DOCH MERKT EUCH... JEDER WIRD EINZELN UND HEIMLICH VERHAFTET UND UNVERLETZT IM ZEUGHAUS EINGESPERRT."
CREST OF PISCARO
SCHLAG MITTERNACHT WIRD DER BEFEHL IN ALLER STILLE AUSGEFÜHRT.
ALLE, DIE HERZOG CESARIO TREUGEBLIEBEN WAREN, WERDEN IN DAS DÜSTERE ZEUGHAUS GEBRACHT.
HAL FOSTER
HELMET OF CESARIO

Prinz Eisenherz
TRISTRAM
SAVE THIS STAMP
KALLA KHAN
SAVE THIS STAMP
„JETZT VERSTEHE ICH EUREN PLAN, PRINZ EISENHERZ. NUR AUF DIESEM WEGE KONNTEN MEINE FREUNDE IN DIESE FESTUNG KOMMEN."
SIE WERDEN IN IHREN ÜBERLEGUNGEN VOM KERKERMEISTER GESTÖRT ... „WIR HABEN MIT EISENHERZ EIN ENDE GEMACHT, WIE IHR BEFOHLEN HABT, HOHEIT. ER HAT SEHR ZUFRIEDENSTELLEND GESCHRIEN."
„NARR! ICH BIN PRINZ EISENHERZ. DER, DEN DU UMGEBRACHT HAST, WAR PISCARO!"
DIE ZWEI BLITZENDEN AUGEN KÜNDEN DEM KERKERMEISTER UNHEIL. ER STÜRZT ZUR TÜR, DOCH EINE SEKUNDE ZU SPÄT.
„ES FÜHRT LEIDER KEIN WEG AN DER TATSACHE VORBEI, DASS WIR DEN BEIDEN GRÖSSTEN SCHURKEN DER WELT ÄHNELN UND DESHALB IHRE ROLLEN SPIELEN KÖNNEN."
VOLLER VERZWEIFLUNG WARTET FLITZ TAG FÜR TAG DARAUF, ETWAS ÜBER DEN VERBLEIB VON PRINZ EISENHERZ ZU ERFAHREN.
QUESTIONER
SAVE THIS STAMP
IM LAGER DER "HUNNENJÄGER" HAT MAN ZWEI WOCHEN LANG NICHTS VOM HEERFÜHRER GEHÖRT. HEIMLICH SATTELT DER KURIER HULTA SEIN PFERD UND REITET NACH PANDARIS.
BALD FINDET ER DEN VERSTÖRTEN, SCHLAFENDEN FLITZ UND ERFÄHRT VON IHM, DASS EISENHERZ VON PISCARO GEFANGENGENOMMEN WURDE.
Copr. 1939, King Features Syndicate, Inc., World rights reserved
148 12-10-39
DARAUFHIN GALOPPIERT DER KURIER UNVERZÜGLICH ZURÜCK ZUM LAGER.
HAL FOSTER
CESTRIO'S DISGUISE
SAVE THIS STAMP

Prinz Eisenherz
TRISTRAM
SAVE THIS STAMP
KALLA KRAN
SAVE THIS STAMP
ÜBER STOCK UND STEIN JAGT HULTA ZUM LAGER DER "HUNNENJÄGER", DIE DEN ANGRIFF KARNAKS DES GRAUSAMEN ERWARTEN. ER ERSTATTET DEN HAUPTLEUTEN BERICHT...
„PRINZ EISENHERZ, UNSER FURCHTLOSER HEERFÜHRER, WIRD VOM FALSCHEN HERZOG PISCARO GEFANGENGEHALTEN. SEIN SCHICKSAL IST UNGEWISS. WENN WIR UNS VON DER HUNNENARMEE ABWENDEN UND DIE BEFESTIGTE STADT PANDARIS ANGREIFEN, GERATEN WIR ZWISCHEN ZWEI FRONTEN."
ALLE PFLICHTEN HULTA BEI. SAGEN SPÄTER ABER ETWAS ANDERES. ZUM BEISPIEL GAWAIN: „ICH GLAUBE, ICH MUSS MEIN SCHWERT IN PANDARIS SCHLEIFEN LASSEN." TRISTAN BEMERKT: „SCHÖNES WETTER FÜR EINEN SPAZIERRITT."
VONDERMAN, DER BEFEHLSHABER DER FUSSTRUPPEN SAGT ZU SEINEM STELLVERTRETER: „ÜBERNEHMT DAS KOMMANDO. ICH MÖCHTE MICH MAL WIEDER IM REITEN ÜBEN."
DER REITER CESARIO MEINT: „MEIN STREITROSS WIRD WEGEN BEWEGUNGSMANGEL SCHON GANZ LAHM. ICH MUSS ES ETWAS BEWEGEN."
DE GATIN VON DEN BOGENSCHÜTZEN RUFT: „ICH BIN ES MÜDE, AUF DEN ANGRIFF DER HUNNEN ZU WARTEN. ICH GEHE EIN PAAR TAGE AUF DIE JAGD."
NUR HULTA, DER JUNGE KURIER, SAGT WIE GEWÖHNLICH NICHTS... ER IST BEREITS ZU SEINEM FREUND FLITZ IN PANDARIS UNTERWEGS.
SO IST ES NICHT VERWUNDERLICH, DASS SIE ALLE SICH EINIGE STUNDEN SPÄTER AUF DER STRASSE NACH PANDARIS TREFFEN.
INZWISCHEN MACHEN SICH EISENHERZ, VERKLEIDET ALS PISCARO, UND HERZOG CESARIO IN DER KLEIDUNG DES KERKERMEISTERS, AN DIE DURCHFÜHRUNG IHRES PLANS.
UMGEBEN VON DER PALASTWACHE, KOMMEN SIE UNERKANNT DURCH DIE MENSCHENMENGE IM PALAST UND ERREICHEN DEN HOF.
„SIND DIE GEFANGENEN AUCH GUT ANGEKETTET? HAT MAN SIE AUF WAFFEN DURCHSUCHT? DANN GEBT MIR DIE SCHLÜSSEL, DAMIT ICH MICH DESSEN VERGEWISSERN KANN."
FINISH FALLEN FOE
SAVE THIS STAMP
„MEIN KERKERMEISTER WIRD MIR HELFEN, MICH MIT MEINEN VIELEN GEFANGENEN ZU VERGNÜGEN. WARTET HIER DRAUSSEN AUF MEINE BEFEHLE."
149 12-17-39
HAL FOSTER
„HERVORRAGEND", GRINST EISENHERZ. „WAFFEN UND RÜSTUNGEN FÜR FÜNFZIG GUTE FREUNDE, DIE DAMIT UMGEHEN KÖNNEN. ANS WERK!"
THE MACE
SAVE THIS STAMP

TRISTRAM
SAVE THIS STAMP
Prinz Eisenherz
KALLA KRAN
SAVE THIS STAMP
IN DEM MIT WAFFEN ÜBERFÜLLTEN ZEUGHAUS BERÄT SICH PRINZ EISENHERZ MIT DEN GEFANGENEN
„GEBIETET EUREN FREUNDEN ABSOLUTES SCHWEIGEN, UND GEBT EUCH IHNEN DANN ZU ERKENNEN, CESARIO."
FLÜSTERND BEGRÜSSEN SIE IHREN EINSTIGEN EDLEN HERRSCHER, DANN BEWAFFNEN SIE SICH SCHNELL.
„OFFIZIER, LASST DIE WACHE EINMARSCHIEREN UND SICH AUFSTELLEN."
SIE FINDEN IM DUNKLEN GEBÄUDE KEINE GEFANGENEN, SONDERN FÜNFZIG BEWAFFNETE RITTER UND DEN ENTSCHLOSSEN DREINBLICKENDEN HERZOG. „EURE TREUE PRÜFE ICH SPÄTER. BIS DAHIN BLEIBT IHR HIER EINGESPERRT."
ÜBERRASCHT SEHEN FREUNDE UND ANHÄNGER PISCAROS, DASS DIESER FÜNFZIG VOLLBEWAFFNETE RITTER DURCH DIE GROSSE HALLE ZUM THRON DES HERZOGS FÜHRT.
DORT ANGELANGT, NIMMT CESARIO DEN HELM AB. „ICH BIN CESARIO, RECHTMÄSSIGER HERZOG VON PANDARIS. DIES IST DER VIELGERÜHMTE PRINZ EISENHERZ, UND DAS SIND MEINE FREUNDE ... WIR SIND HIER, UM "HAUSPUTZ" ZU HALTEN."
SCALE MAIL
SAVE THIS STAMP
DRUNTEN AUF DER STAUBIGEN STRASSE NACH PANDARIS KOMMEN TRISTAN, GAWAIN, HULTA, DE GATIN, VONDERMAN UND CESARIO, DER REITER, UM IHREN HEERFÜHRER ZU BEFREIEN ODER ZU RÄCHEN.
DER ALLERDINGS IST ZUR ZEIT GERADE SEHR BESCHÄFTIGT.
HAL FOSTER
LEATHER MAIL
SAVE THIS STAMP
150-12-24-39
Copr 1939, King Features Syndicate, Inc., World rights reserved

TRISTRAM
SAVE THIS STAMP
Prinz Eisenherz
KALLA KRAN
SAVE THIS STAMP
EISENHERZ' FREUNDE, DIE KEINE AHNUNG HABEN, WAS INZWISCHEN VORGEFALLEN IST, SPRENGEN ZUR GEWAGTEN RETTUNGSAKTION HERBEI.
IHRE ANKUNFT LÄSST DEN TREUEN FLITZ VON SEINEM WACHPOSTEN VOR DEM PALASTTOR HOCHFAHREN UND SEINE WAFFEN AUS SOKRATES' GEPÄCK HOLEN.
DIE ERINNERUNG AN GRAUSAMES UNRECHT VERLEIHT HERZOG CESARIOS RITTERN ÜBERMENSCHLICHE KRÄFTE, ALS SIE PISCARCS GEFOLGSLEUTE AUS DEM PALAST TREIBEN.
ALS DIESE IN PANIK ZUM TOR LAUFEN, KOMMEN DORT MIT KAMPFGESCHREI EISENHERZ' FREUNDE HEREIN-GESTÜRMT.
DER SIEG LÄSST ALLE SORGEN VERGESSEN, ALS SICH DIE FREUNDE WIEDERSEHEN. *„ES GEHT DOCH NICHTS ÜBER EINE KLEINE WAFFENÜBUNG AM MORGEN, UM DEN APPETIT ANZU-REGEN"*, RUFT TRISTAN UND VERGEWISSERT SICH, DASS KEIN KÜCHENPERSONAL UNTER DEN TOTEN IST.
„PISCARO IST TOT, HERZOG CESARIO REGIERT. WIR SIND WIEDER FREI!"
TOUREG
SAVE THIS STAMP
DIE HUNNEN HÖREN ES UND ZITTERN, DENN UNTER PISCAROS HERRSCHAFT TATEN SIE, WAS SIE WOLLTEN, UND FÜGTEN DER BEVÖLKERUNG MANCHES LEID ZU.
HAL FOSTER
ES FOLGT EINE NACHT DER SCHRECKEN, ALS DIE MÄNNER VON PANCARIS ÜBER IHRE EINSTIGEN UNTERDRÜCKER HERFALLEN UND SIE DURCH DIE STRASSEN JAGEN.
151 12-31-39
Copr. 1939, King Features Syndicate, Inc. World rights reserved
AFRICAN
SAVE THIS STAMP

Prinz Eisenherz
TRISTRAM
SAVE THIS STAMP
KALLA KHAN
SAVE THIS STAMP
DIE ANWESENHEIT DER HUNNEN HAT WIE EIN BÖSER SCHATTEN ÜBER DER STADT PANDARIS GELEGEN. WÄHREND AM ABEND DER ADEL FEIERT, JAGT DAS VOLK DIE WILDEN UNTERDRÜCKER DURCH DIE FINSTEREN STRASSEN.
ALS DIE LANGE NACHT DER SCHRECKEN ENDET, BEFINDET SICH IN DER STADT KEIN LEBENDER HUNNE MEHR.
„IHR HABT EINEN SCHRECKLICHEN ALPTRAUM BEENDET, PRINZ EISENHERZ. SAGT, WELCHEN WUNSCH ICH EUCH ERFÜLLEN KANN."
EISENHERZ ERFÄHRT, DASS 4000 HUNNEN DURCH DEN PANDARIS-PASS GEKOMMEN SIND, UM SEINER ARMEE IN DEN RÜCKEN ZU FALLEN. DIE HÄLFTE VON IHNEN KAM LETZTE NACHT UM.
„LEIHT MIR 500 SCHWERBEWAFFNETE RITTER, DANN SÄUBERE ICH DIESE SEITE DER BERGE VON HUNNEN, WÄHREND IHR, CESARIO, KEINE WEITEREN HUNNEN DURCH DEN PASS LASST."
TARTAR
SAVE THIS STAMP
Copr. 1940, King Features Syndicate, Inc. World rights reserved
HELL LÄUTEN DIE GLOCKEN, DAS VOLK MACHT AUF DEN STRASSEN MUSIK UND TANZT... FREIHEIT UND LACHEN SIND WIEDER IN PANDARIS EINGEKEHRT! DURCH DIESES FROHE BILD REITET EISENHERZ ZUM TOR HINAUS.
HAL FOSTER
152 1-7-40
HUN
SAVE THIS STAMP

TRISTRAM
SAVE THIS STAMP
Prinz Eisenherz
KALLA KRAN
SAVE THIS STAMP
MIT 500 RITTERN DES HERZOGS CESARIO WILL PRINZ EISENHERZ DAS HUNNENHEER ZERSTREUEN. DAS IM RÜCKEN DER "HUNNENJÄGER" STEHT, DIE JENSEITS DER BERGE NACH WIE VOR DEN PASS GEGEN DIE HAUPTSTREITMACHT DER HUNNEN VERTEIDIGEN.
DER PRINZ ERKLART DEN SCHLACHTPLAN SEINEN HAUPTLEUTEN, DIE IHRERSEITS WÄHREND DES SCHNELLEN RITTS DEN PLAN AN DIE ANDEREN RITTER WEITERGEBEN.
SPAHER ENTDECKEN SIE UND MELDEN IHREM HÄUPTLING IHR KOMMEN.
SECHS JAHRE LANG HABEN DIESE BARBAREN UNGEHINDERT EUROPA GEBRANDSCHATZT... VOLLER ZUVERSICHT BEREITEN SIE SICH AUF EINEN WEITEREN SIEG VOR.
DIE LUFT ERZITTERT UNTER WILDEN SCHREIEN UND DONNERNDEM HUFSCHLAG, ALS DIE UNBESIEGBAREN HUNNEN IN IHRER WEIT AUSEINANDERGEZOGENEN KAMPFFORMATION ANGREIFEN.
DOCH E SENHERZ IST AM HOFE KONIG ARTHURS IN KAMPFTAKTIK UNTERRICHTET WORDEN AUF SEIN ZEICHEN HIN BILDEN DIE GEPANZERTEN RITTER EINEN LANZENSTARRENDEN KEIL UND GREIFEN AN
DIESEM STOSS KÖNNEN DIE HUNNEN NICHT WIDERSTEHEN. IHR LINKER FLÜGEL WIRD ABGETRENNT UND BRICHT AUSEINANDER.
MEDIEVAL SADDLE
SAVE THIS STAMP
DANN WENDEN SICH DIE RITTER RECHTS UND LINKS DER KAMPFREIHE ZU UND ROLLEN SIE IN HEILLOSER VERWIRRUNG AUF
Copr 1940, King Features Syndicate, Inc. World rights reserved
EISENHERZ SUCHT DEN HUNNENHAUPTLING IHR KAMPF IST SCHNELL VORUBER DANN BLICKT EISENHERZ UBER DAS SCHLACHTFELD IN WILDEM GRIMM MACHEN SEINE LEUTE DIE FLIEHENDEN HUNNEN NIEDER
153 1-14-40
AUF DER PASSHÖHE IST DAS WERK GETAN, UND SIE TRENNEN SICH. EISENHERZ UND SEINE FREUNDE REITEN ZURÜCK ZUR "LEGION DER HUNNENJÄGER", UM WIEDER IHRE LEITUNG ZU ÜBERNEHMEN.
Hal Foster
MEDIEVAL SADDLE
SAVE THIS STAMP

Prinz Eisenherz
TRISTRAM
SAVE THIS STAMP
KALLA KHAN
SAVE THIS STAMP
DREI WOCHEN LANG HAT EISENHERZ SEINE "HUNNENJÄGER" NICHT GESEHEN. IN DIESER ZEIT HAT ER JEDOCH EINE WICHTIGE ERFAHRUNG GEMACHT: DIE EHEDEM UNBESIEGBAREN HUNNEN KÖNNEN GESCHLAGEN WERDEN!
ALS SIE IHRES LAGERS ANSICHTIG WERDEN, STAUNT EISENHERZ NICHT SCHLECHT... SEINE KLEINE GRUPPE IST ZU EINEM HEER VON 7000 MANN HERANGEWACHSEN.
DIE NACHRICHT VON SEINEM ERFOLG HAT SICH IN GANZ EUROPA HERUMGESPROCHEN. ES KOMMEN FAHRENDE RITTER AUF ABENTEUERSUCHE, GAUNER AUF BEUTESUCHE, VERTRIEBENE ADELIGE, DIE RACHE SUCHEN, UND KRIEGER, DIE EINEN ANFÜHRER SUCHEN, DER ES WERT IST, DASS MAN IHM FOLGT.
DEN HUNNEN WURDE VIEL PROVIANT ABGENOMMEN, DOCH DER REICHT FÜR EIN SO GROSSES HEER NICHT AUS. EISENHERZ ERFÄHRT, DASS DAS ESSEN BALD KNAPP WIRD.
EINE GROSSE VERANTWORTUNG LASTET AUF IHM. KANN ER DEN PASS NICHT HALTEN, FALLEN DIE HUNNEN WIEDER IN EUROPA EIN.
AM MORGEN KOMMT EIN NACH LUFT RINGENDER KUNDSCHAFTER: „DIE HUNNEN BEREITEN SICH AUF DEN ANGRIFF VOR!"
„ACH, HÄTTE ICH NUR EINEN PLAN, UM MIT 7000 HUNGERNDEN CHRISTEN 20 000 HUNNEN IN EINEM BEFESTIGTEN LAGER ZU BESIEGEN!" RUFT EISENHERZ.
VON EINEM FELSVORSPRUNG SCHAUEN EISENHERZ UND FLITZ AUFS FEINDLICHE LAGER HINAB. HEKTISCHE AKTIVITÄT LÄSST VERMUTEN, DASS DIE HUNNEN AM NÄCHSTEN MORGEN IN DEN PASS EINMARSCHIEREN WOLLEN. UND STÄNDIG WIRD NEUER NACHSCHUB DURCHS TOR GEBRACHT... „ICH WÜNSCHTE, WIR KÖNNTEN DA SO LEICHT HINEIN", BEMERKT FLITZ BEILÄUFIG.
SAVE THIS STAMP
HAL FOSTER
„DAS KÖNNEN WIR!" RUFT DA EISENHERZ. „JETZT HABE ICH EINEN PLAN! RUF DEN RAT ZUSAMMEN... ICH GLAUBE, ICH WEISS JETZT, WIE WIR SIEGEN KÖNNEN."
154 1-21-40
SAVE THIS STAMP

TRISTRAM
SAVE THIS STAMP
Prinz Eisenherz
KALLA KRAN
SAVE THIS STAMP
PRINZ EISENHERZ ERLÄUTERT SEINEM KRIEGSRAT DEN SCHLACHTPLAN, AUF DEN IHN EINE BEILÄUFIGE BEMERKUNG VON FLITZ GEBRACHT HAT.
ES IST EIN KÜHNER, SCHLAUER, GEFÄHRLICHER PLAN, DER SO RECHT ZU IHRER VERZWEIFELTEN LAGE PASST. EISENHERZ' FEUEREIFER STECKT SEINE BERATER SO AN, DASS SIE SCHLIESSLICH SEINEM PLAN ZUSTIMMEN.
KARNAK, DER ANFÜHRER DER HUNNEN, WEISS, DASS IHN EINE NIEDERLAGE DEN KOPF KOSTEN WIRD. DAHER HAT ER SEHR SORGFÄLTIG GEPLANT. SEINE WILDEN REITER BRENNEN DARAUF, ENDLICH AUF DEN FEIND LOSGELASSEN ZU WERDEN.
IM MORGENGRAUEN BRECHEN SIE ZU DUMPFEM TROMMELSCHLAG AUF. DABEI SCHÜTTELN SIE DROHEND DIE SPEERE UND SCHLAGEN MIT DEN SCHWERTERN AUF IHRE SCHILDE.
DAS HUNNENHEER WÄLZT SICH LANGSAM DAS BREITE TAL HINAUF WIE EIN GROSSER KRAKE, DESSEN ARME JEDE SENKE UND JEDEN WINKEL DES TALS DURCHSUCHEN.
„MEINE HERREN, VOR UNS SIND DIE HUNNEN, HINTER UNS LAUERT DER HUNGER. HEUTE ABEND GIBT ES MIT DEN LETZTEN VORRÄTEN EIN FEST. ABER MORGEN...? DA SIND WIR ENTWEDER TOT ODER AUFS NEUE SATT!"
DER LISTIGE FLITZ SUCHT AUS DEM HEER ALL JENE AUS, DIE DEN HUNNEN AM ÄHNLICHSTEN SEHEN UND LÄSST SIE HUNNENKLEIDUNG ÜBER IHRE RÜSTUNG WERFEN. DANN ZIEHT ER MIT EINER GEHEIMNISVOLLEN PACKTIERKOLONNE LEISE HINAUS IN DIE NACHT.
SPURS
SAVE THIS STAMP
AM MITTAG DES FOLGENDEN TAGES IST KARNAK SCHON WEIT AUF DER PASSSTRASSE VORGEDRUNGEN, OHNE EINE SPUR DES FEINDES ENTDECKT ZU HABEN. ER AHNT NICHT, DASS KEIN FEIND DA IST, WEIL... ....
Copr. 1940, King Features Syndicate, Inc., World rights reserved
155 1-28-40
HAL FOSTER
.. EISENHERZ ZU SEINEN "HUNNENJÄGERN" GESAGT HAT: „KARNAKS WÖLFE STEHEN VOR UNSERER SCHLUCHT. HULTA FÜHRT UNS AUF EINEM GEHEIMPFAD IN DIE EBENE HINUNTER, WO WIR UNSEREN PLAN AUF DIE PROBE STELLEN KÖNNEN."
SPURS
SAVE THIS STAMP

TRISTRAM
SAVE THIS STAMP
Prinz Eisenherz
KALLA KHAN
SAVE THIS STAMP
DAS VON KARNAK GEFÜHRTE HUNNENHEER ZIEHT NUN SCHON ZWEI TAGE DIE PASSSTRASSE HINAUF, OHNE DIE GERINGSTE FEINDBERÜHRUNG. ALS SICH DER ABEND SENKT, HAT DAS GROSSE HEER FAST SCHON DIE PASS-HÖHE ERREICHT.
UND IMMER NOCH IST AUSSER STILLE UND EINSAMKEIT NICHTS AUSSERGEWÖHNLICHES ZU VERMELDEN. KARNAK DENKT AN DIE DROHUNG DES GROSSEN KHAN. IHN SCHAUDERT, ALS ER SICH GEDANKEN UM SEINEN KOPF MACHT.
DIE GEGNER DER HUNNEN SIND LÄNGST NICHT MEHR IM PASS. ÜBER EINEN GEHEIMPFAD HAT SIE HULTA IN DIE EBENE ZUM BEFESTIGTEN HUNNENLAGER HINUNTERGEFÜHRT.
GEGEN MITTERNACHT ERREICHT EINE SCHWER-BELADENE PROVIANTKOLONNE DAS TOR UND FORDERT LÄRMEND EINLASS.
DAS TOR ÖFFNET SICH, UND DIE REISEMÜDE, STAUBIGE KARAWANE ZIEHT LANGSAM AN DEN WACHEN VORBEI. ALS DAS TOR WIEDER GESCHLOSSEN WERDEN SOLL...
...SPRINGEN VON DEN PACKPFERDEN BEWAFFNETE MÄNNER. EISENHERZ HATTE SICH AN DIE GESCHICHTE VOM TROJANI-SCHEN PFERD ERINNERT. ES KOMMT ZU EINEM KURZEN, HEF-TIGEN KAMPF, DANN WIRD DAS TOR WEIT GEÖFFNET.
NUN NAHT HUFSCHLAG ÜBER DIE MONDHELLE EBENE, UND SCHON FALLEN DIE BERITTENEN "HUNNEN-JÄGER" WILD SCHREIEND INS SCHLAFENDE LAGER EIN.
STIRRUPS
SAVE THIS STAMP
DIE REITERATTACKE SORGT FÜR HEIL-LOSE VERWIRRUNG, DIE VONDERMAN UND SEINEM WILDENTSCHLOSSENEN FUSSVOLK GERADE RECHT KOMMT. SCHNELL IST DAS LAGER EROBERT.
„DEIN LEBEN WURDE GESCHONT, DAMIT DU KARNAK DIESE NACHRICHT BRINGEN KANNST!"
HAL FOSTER
„AUS MEINEM BEFESTIGTEN LAGER... EINE EINLADUNG ZUM ESSEN, UNTERZEICH-NET VON PRINZ EISENHERZ!" KARNAK GERÄT VOR ZORN IN WEISSGLUT. ER ZIEHT SEIN SCHWERT UND ER-SCHLÄGT DEN BOTEN.
STIRRUPS
SAVE THIS STAMP

Prinz Eisenherz
TRISTRAM
SAVE THIS STAMP
KALLA KRAN
SAVE THIS STAMP
EISENHERZ' BOTSCHAFT HAT KARNAK NICHT NUR SO ERZÜRNT, DASS ER DEN ÜBERBRINGER DER NACHRICHT KURZERHAND ERSCHLUG ...
SIE HAT IHM AUCH SCHLAGARTIG KLARGEMACHT, DASS SEIN HEER IN DIESER KARGEN LANDSCHAFT OHNE NACHSCHUB DEM HUNGERTOD AUSGELIEFERT IST.
UND SO DAUERT ES NICHT LANGE, BIS DIE WACHEN IN DER FESTUNGSANLAGE MELDEN, DASS DAS GROSSE HUNNENHEER VOM PASS HERUNTER IN DIE EBENE GESTÜRMT KOMMT.
„AUF EURE POSTEN, FREUNDE, ES WIRD EIN LEBHAFTES FEST!... AUF EINEN VON UNS KOMMEN DREI VON IHNEN... GLÜCKAUF, UNS ALLEN!"
KARNAK TREIBT SEINE MÄNNER UNBARMHERZIG AN... WIEDER UND WIEDER RENNEN SIE GEGEN DEN ERDWALL AN UND WERDEN ZURÜCKGESCHLAGEN. SCHLIESSLICH SETZT DIE NACHT DEM FÜRCHTERLICHEN TAG EIN ENDE, UND DIE ERSCHÖPFTEN LEBENDEN SINKEN NEBEN DEN FRIEDLICHEN TOTEN IN DEN SCHLAF.
DER NÄCHSTE TAG VERLÄUFT RUHIG. SIE HABEN GESIEGT, WENNGLEICH NICHT OHNE VERLUSTE. ABER DIE RUHE DER HUNNEN DRAUSSEN WIRKT WIE EINE UNAUSGESPROCHENE DROHUNG.
1400
SAVE THIS STAMP
„DEN NÄCHSTEN ANGRIFF TRAGEN SIE, VOR HUNGER UND VERZWEIFLUNG WILDGEMACHT, AUS... WIR SIND ZU WENIGE, UM EINEN ERNEUTEN SIEG ZU GEWÄHRLEISTEN..." EISENHERZ HÄLT INNE. SEINE AUGEN FANGEN VOR BEGEISTERUNG ZU LEUCHTEN AN, ALS ER EINEN NEUEN, GEWAGTEN PLAN ENTWICKELT.
HAL FOSTER
IM MORGENGRAUEN REITEN DIE "HUNNENJÄGER" IN KAMPFFORMATION AUS. DER VERZWEIFELTE KARNAK TUT EINEN FREUDENSCHREI, DENN IN OFFENER SCHLACHT SIND DIE HUNNEN SEIT JAHREN UNBESIEGT.
1918
SAVE THIS STAMP

Prinz Eisenherz
TRISTRAM
SAVE THIS STAMP
KALLA KRAN
SAVE THIS STAMP
ALS KARNAK ZUM ERSTENMAL DEM FEINDLICHEN HEER GEGENÜBERSTEHT, BEMERKT ER VERWUNDERT, WIE KLEIN ES IST.
DIE HUNNEN STELLEN SICH IN KAMPFREIHE AUF, DANN GREIFEN BEIDE SEITEN AN.
KARNAK FROHLOCKT, ALS SEINE UNBESIEGBAREN HUNNEN GEGEN DIE KLEINE SCHAR "HUNNENJÄGER" ANSTÜRMT, VON DENEN VIELE UNBERITTEN SIND.
NACH DER ERSTEN FEINDBERÜHRUNG MACHEN DIE "HUNNENJÄGER" AUF IHREN PFERDEN KEHRT UND FLIEHEN WIE IN WILDER PANIK.
DIE HUNNEN, DIE WILDESTEN KRIEGER, DIE DIE WELT BIS DATO GESEHEN HAT, SETZEN MIT BEGEISTERUNGSSCHREIEN NACH, JEDE VORSICHT IN DEN WIND SCHLAGEND.
PLÖTZLICH TAUCHT AUS DEM STAUB DER ZURÜCKREITENDEN KAMERADEN DAS VERGESSENE FUSSVOLK HINTER EINEM WALL VON SPEEREN UND SPITZEN PFÄHLEN AUF, UND EIN PFEIFENDER PFEILHAGEL LÄSST DIE ERSTE REIHE DER HUNNEN IN DEN STAUB SINKEN.
EINEN AUGENBLICK LANG HÄLT DER WILDE ANSTURM VERWIRRT INNE. DA KOMMT AUS EINER VERBORGENEN SENKE EISENHERZ' GESAMTE BERITTENE STRE TMACHT GALOPPIERT.
1350 AD
SAVE THIS STAMP
158
2-18
HAL FOSTER
PRINZ EISENHERZ' TAKTIK IST VON ERFOLG GEKRÖNT. DIE KAMPFFORMATION DER HUNNEN IST AUFGELÖST, DA SIE DAS FUSSVOLK VERWIRRT HAT. DA FÄHRT DIE BERITTENE STREITMACHT WIE EIN KEIL IN DIE KOPFLOSE MENGE.
1450 AD
SAVE THIS STAMP

TRISTRAM
SAVE THIS STAMP
Prinz Eisenherz
KALLA KRAN
SAVE THIS STAMP
SIEG! DIE VERWIRRTEN REIHEN DES HUNNENHEERS SIND AUF DER FLUCHT VOR DEN SIEGERN DER SCHLACHT, DIE IHNEN UNERBITTLICH NACHSETZEN. PRINZ EISENHERZ SIEHT IHNEN MÜDE NACH. ER HAT SEINEN TEIL DAZU BEIGETRAGEN ...
... DER WELT ZU ZEIGEN, DASS DIE HUNNEN NICHT UNBESIEGBAR SIND. PLANEN, SCHLACHTENLÄRM, EIN TAPFER KÄMPFENDER FEIND UND DANN DER SIEG, DABEI FÜHLT SICH EIN KRIEGER IN SEINEM ELEMENT. DOCH EISENHERZ WIDERT DAS BLUTBAD AN, DAS SOLCHEN SCHLACHTEN FOLGT.
ALS ER LANGSAM ZUM LAGER ZURÜCKREITET, HÖRT ER EINEN LEISEN ZURUF. ER HÄLT AN UND SIEHT DEN KURIER HULTA, DER VON EINEM GEFIEDERTEN PFEIL AN SEINEN SATTEL GENAGELT IST.
VORSICHTIG LÖST ER DEN PFEIL AUS DEM SATTEL. DABEI FÄLLT HULTA IN OHNMACHT.
EISENHERZ NIMMT DIE SCHLANKE GESTALT AUF DIE ARME UND MACHT SICH VORWÜRFE: „DA HABE ICH IHN MIT BOTSCHAFTEN ZU MEINEN HAUPTLEUTEN INS DICHTESTE KAMPFGETÜMMEL GESCHICKT, UND DABEI IST ER NOCH EIN HALBES KIND!"
DIE VERWUNDUNG IST NICHT SCHWER. EISENHERZ SCHNEIDET DIE PFEILSPITZE AB UND ZIEHT BEHUTSAM DEN PFEILSCHAFT AUS DER WUNDE.
GLADIATOR HELMET
SAVE THIS STAMP
ALS DIE WUNDE VERSORGT IST, ZIEHT EISENHERZ DEM JUNGEN DAS BLUTVERSCHMIERTE GEWAND AUS ...
... DA RINGELN SICH HERRLICHE KUPFERFARBENE LOCKEN WIE BLITZENDE SCHLANGEN ÜBER DAS KISSEN ... HULTA IST EIN MÄDCHEN!
159 2-25-40
HAL FOSTER
GLADIATOR HELMET
SAVE THIS STAMP

TRISTRAM
SAVE THIS STAMP
Prinz Eisenherz
KALLA KHAN
SAVE THIS STAMP
„IHR HABT ALSO MEIN GEHEIMNIS ENTDECKT, HERR?" – „JA", ERWIDERT EISENHERZ. „UND WENN DIE MÄNNER MERKEN, DASS EINE JUNGE FRAU IM LAGER IST, WIRD ES ÄRGER GEBEN.
WESHALB HAST DU DICH ALS JUNGE VERKLEIDET?"
„MEIN VATER WAR HÄUPTLING DER HIER ANSÄSSIGEN HIRTENSTÄMME. DIE HUNNEN KAMEN... UND NUR ICH ENTKAM. HEUTZUTAGE MÜSSEN SELBST FRAUEN KÄMPFEN UND ICH BIN DOCH DIE TOCHTER EINES KRIEGERS."
„...UND EINE NEUE SORGE FÜR MICH", ERGÄNZT EISENHERZ. „NUN JA, DAS WERDE ICH DADURCH AUSGLEICHEN, DASS ICH EINE SORGE AN KALLA KHAN WEITERGEBE." ER ORDNET AN, DASS MAN ZWEI GEFANGENE HUNNEN UND DIE LEICHE KARNAKS DES GRAUSAMEN HERBEISCHAFFT.
„BRINGT DIESE BOTSCHAFT UND DIE SCHATULLE ZU KALLA KHAN." UND ER FÜGT DROHEND HINZU: „UND ICH RATE EUCH GUT, DEN AUFTRAG WIRKLICH AUSZUFÜHREN."
INVADE ENGLAND 460 A.D.
HORSA SAXON
SAVE THIS STAMP
UND KALLA KHAN IST WEDER ÜBER DAS GRAUSIGE GESCHENK NOCH ÜBER DIE BOTSCHAFT ERFREUT, DIE DA LAUTET: „IHR WOLLTET KARNAK DEM GRAUSAMEN DEN KOPF ABSCHLAGEN, WENN ER VERSAGT. DIESE MÜHE HABE ICH EUCH GERNE ERSPART. NOCH VIELE EURER GENERÄLE WERDEN VERSAGEN UND EURE SAMMLUNG VON KÖPFEN VERGRÖSSERN, DENN ICH HABE DER WELT GEZEIGT, DASS DIE HUNNEN NICHT UNBESIEGBAR SIND. UND SO IST IHRE MACHT FÜR IMMER GEBROCHEN." UND KALLA KHAN WEISS, DASS DEM SO IST.
HAL FOSTER
WILLIAM A.D. 1066
THE CONQUERER
SAVE THIS STAMP
160 3-3-40

TRISTRAM
SAVE THIS STAMP
Prinz Eisenherz
KALLA KHAN
SAVE THIS STAMP
EISENHERZ VERSAMMELT SEINEN KRIEGSRAT UND SPRICHT: „FÜR MICH IST DIESER KRIEG MIT SEINEN SORGEN UND PROBLEMEN BEENDET. IHR, CESARIO, JAGT UNERBITTLICH DIE VERBLEIBENDEN HUNNEN. VONDERMAN BEFESTIGT DIE PASSSTRASSE. TRISTAM, IHR ORGANISIERT DIE VERWALTUNG, DE GATIN, IHR TEILT DAS LAND UNTER DEN KRIEGERN AUF. FLITZ, DU TEILST DIE BEUTE RANGGEMÄSS. UND DU, GAWAIN, MEIN ALTER MEISTER, HÄLTST DICH BITTE NOCH EIN WEILCHEN AUS PROBLEMEN HERAUS!"
„UND NOCH EINS: HULTA IST EIN MÄDCHEN. WER SIE BELÄSTIGT, MUSS SICH VOR MIR VERANTWORTEN."
HULTA ERHOLT SICH SCHNELL VON IHRER VERLETZUNG. ALLE SIND SICH EINIG, DASS SIE DEM LAGER ENTSCHIEDEN ZUR ZIER GEREICHT.
KEINER BEWUNDERT SIE MEHR ALS FLITZ, DER SICH DARAN ERINNERT, DASS ER IHR BESTER FREUND WAR, ALS SIE SICH ALS KNABE VERKLEIDETE. ER ÜBERLEGT...
DANN TRITT ER KÜHN IN DAS ZELT, WEIL ER WEISS, DASS SIE ALLEIN DARIN IST.
PERSIAN
SAVE THIS STAMP
TROTZ DER WARNUNG VON PRINZ EISENHERZ WIRD ER EINE SPUR ZU FREUNDLICH
Copr. 1940, King Features Syndicate, Inc., World rights reserved.
161 3-10-40
ALS EISENHERZ AUF EIN KRACHEN HIN IN HULTAS ZELT KOMMT, FINDET ER SIE WEINEND VOR: „OH, ICH HABE DEM ARMEN BURSCHEN WEH GETAN!"
HAL FOSTER
„ICH HABE DIESEN LISTIGEN, KLEINEN GRIECHISCHEN WITZBOLD VON ANFANG AN GELIEBT", ERKLÄRT SIE. „DAGEGEN IST KEIN KRAUT GEWACHSEN!"
BABYLONIAN
SAVE THIS STAMP

TRISTRAM
SAVE THIS STAMP
Prinz Eisenherz
KALLA KRAN
SAVE THIS STAMP
NACHDEM HULTA DEM GELIEBTEN FLITZ MIT EINEM EICHENEN WASCHKÜBEL EINE LEKTION IN PUNCTO RESPEKT VOR EINER WEHRLOSEN JUNGFER ERTEILT HAT, MEINT PRINZ EISENHERZ LACHEND:
„DU LIEBST ALSO DEN KLEINEN SCHURKEN, HULTA? ICH GLAUBE NICHT, DASS ER DEINEM HITZIGEN WERBEN LANGE WIDERSTEHEN KANN."
AN EINEM KÜHLEN QUELL KÜHLT FLITZ DEN GESCHUNDENEN KOPF. SEIN RESPEKT FÜR HULTA IST GROSS. ER SINNT DARÜBER NACH, OB IHM DIE TOCHTER EINES KRIEGERS NICHT VIELLEICHT DOCH ZU TEMPERAMENTVOLL IST.
INDESSEN WEINT DIE TOCHTER DES KRIEGERS, WIE ES JEDES ANDERE MÄDCHEN TÄTE, DAS MEINT, AMOR MIT EINEM WASCHKÜBEL ERSCHLAGEN ZU HABEN.
DER RAT HINGEGEN SIEHT SICH MIT EINEM PROBLEM KONFRONTIERT. EIN GROSSES GEBIET IST ZURÜCKEROBERT, BEFESTIGT UND MIT EINER VERWALTUNG AUSGESTATTET WORDEN, DOCH ES FINDET SICH KEIN GEEIGNETER HERRSCHER. DA DER KRIEG BEENDET IST, SEHNEN SICH ALLE NACH IHRER HEIMAT. ALS HULTA DIES HÖRT, VERLÄSST SIE LEISE DAS RATSZELT.
IN IHREM ZELT PACKT SIE DAS GROSSE SCHWERT UND DEN SCHILD AUS, DIE IHR VATER IN GLÜCKLICHEREN ZEITEN TRUG, ALS ER ÜBER DIE HIRTENSTÄMME DER UMGEBUNG HERRSCHTE.
LILY OF FRANCE
SAVE THIS STAMP
LANGSAM SCHREITET SIE DURCHS LAGER UND SINGT EIN ALTES KAMPFLIED. DIE KRIEGER IHRES STAMMES ERKENNEN NUN DIE TOCHTER IHRES HÄUPTLINGS UND FOLGEN IHR.
162. 3.17.40.
VOR DEM RATSZELT HÄLT SIE INNE: „VOR DER ANKUNFT DER HUNNEN REGIERTE MEIN VATER DIESE LÄNDEREIEN. ICH BIN SEINE TOCHTER. KÖNNT IHR EINEN BESSEREN HERRSCHER FINDEN?"
HAL FOSTER
OF ROME
SAVE THIS STAMP
Copr 1940, King Features Syndicate, Inc., World rights reserved

Prinz Eisenherz

TRISTRAM
SAVE THIS STAMP
Prinz Eisenherz
KALLA KHAN
SAVE THIS STAMP
FLITZ LIEBT HULTA AUFRICHTIG DASS SIE NUN REICH IST, HAT SEINE ZUNEIGUNG NOCH VERGRÖSSERT. ERNÜCHTERND IST NUR, DASS ER NICHT MEHR DER EINZIGE IST, DER UM IHRE GUNST HEISCHT.
„SIE IST ZU SCHÖN UND ZU REICH, UM SIE MIR ENTGEHEN ZU LASSEN... ABER WELCHE CHANCE HABE ICH SCHON GEGEN SOLCH EINEN KRIEGER?"
RAT, MITGEFÜHL UND HILFE SUCHEND, TRITT ER INS ZELT VON PRINZ EISENHERZ UND SIEHT, DASS DER DAS LAGER AM MORGEN ALLEIN VERLASSEN HAT.
SEIT TAGEN SCHON HATTE ER SICH MIT EINER RUTE, FADEN, BUNTEN FEDERN, LEIM, HAKEN, PFERDEHAAR UND ANGELSCHNUR BESCHÄFTIGT. NUN IST ER UNTERWEGS, UM AN DEN KLAREN GEBIRGSBÄCHEN EINIGE TAGE ZU ANGELN.
IN ENGLAND GROSSGEWORDEN, LIEBT EISENHERZ DEN ANGELSPORT. DAHER GIBT ES FÜR IHN NICHTS SCHÖNERES ALS EINIGE TAGE AN DEN FORELLENBÄCHEN DER BERGE.
TIEF IM WALD LÄSST SICH EISENHERZ VON DER MELODIE DES WINDES IN DEN BAUMWIPFELN UND VOM LUSTIGEN PLÄTSCHERN EINES BACHES DIE SORGEN UND ÄNGSTE DER GROSSEN SCHLACHT VERTREIBEN.
DOCH DIE GESCHICHTE SEINES SIEGES HAT SICH NAH UND FERN HERUMGESPROCHEN. DAHER SCHICKEN KÖNIGE UND HERRSCHER VON ÜBERALL HER GESANDTE, DIE ALLE DIE GLEICHE BITTE VORTRAGEN.
MOHAMMEDANS
TAKE AFRICA 704 A.D.
SAVE THIS STAMP
SIE KOMMEN IN EISENHERZ' ABWESENHEIT, DIE REICH HERAUSGEPUTZTEN, EDLEN GESANDTEN MIT IHREM PRÄCHTIGEN GEFOLGE.
Copr. 1940, King Features Syndicate, Inc., World rights reserved.
HAL FOSTER
„UNSERE KÖNIGLICHEN GEBIETER HABEN UNS GESANDT, UM EUREM ABWESENDEN HEERFÜHRER UNSERE REICHTÜMER, UNSERE HEERE UND UNSER LEBEN ANZUBIETEN, WENN ER UNS NACH PANNONIEN FÜHRT UND EIN FÜR ALLEMAL DIE HUNNEN VERNICHTET. NUR PRINZ EISENHERZ KANN DIES VOLLBRINGEN!"
164 3-31-40
MOHAMMEDANS
TAKE SPAIN 714 A.D.
SAVE THIS STAMP

TRISTRAM
SAVE THIS STAMP
Prinz Eisenherz
KALLA KRAN
SAVE THIS STAMP
NICHTS ANDERES ALS EIN AUSROTTUNGSKRIEG IST ES, WAS DIE GESANDTEN VON EISENHERZ ERBITTEN...
„DER MÄCHTIGE PRINZ EISENHERZ WIRD UNS IN EINEM MEER VON HUNNENBLUT DURCH PANNONIEN FÜHREN ... WIE ALEXANDER DER GROSSE ERWECKT ER SIEGESGEWISSHEIT ... SEINE BRILLANTE TAKTIK STELLT BALD DIE DES GROSSEN CÄSAR IN DEN SCHATTEN ...“
„ENTSCHULDIGT, EDLE HERREN, DOCH HIER KOMMT GERADE UNSER MÄCHTIGER HEERFÜHRER!“ ABER ES TRITT KEIN STRENGER GENERAL IN GLÄNZENDER RÜSTUNG EIN, SONDERN EIN ABGERISSENER, SONNENGEBRÄUNTER JÜNGLING MIT SEINEM FANG.
DIE WÜRDIGEN GESANDTEN RUNZELN ZORNIG DIE STIRN, DENN SIE GLAUBEN, ES HANDLE SICH UM EINEN ÜBLEN SCHERZ.
HAL FOSTER
„HIER AUF DEM TISCH LIEGT DAS BUCH DER WELTGESCHICHTE. NIRGENDWO FINDE ICH DA EINE DURCH GEWALT ERZWUNGENE EROBERUNG, DIE VON DAUER WAR. ALEXANDER UND CÄSAR EROBERTEN ZU IHRER ZEIT DIE WELT. DOCH WO SIND IHRE REICHE JETZT? WIE STEHT ES UM BABYLON, PERSIEN UND KARTHAGO? EROBERER ERNTEN NUR EINE FRUCHT: ABGRUNDTIEFE FEINDSELIGKEIT. NEIN, EDLE HERREN, ICH HABE MEIN SCHWERT EINZIG UND ALLEIN DER SACHE VON GERECHTIGKEIT UND FREIHEIT VERSCHWOREN!“
MOORS INVADE EUROPE 731
SAVE THIS STAMP
DOCH DIE ZUVERSICHT UND HÖFLICHKEIT, MIT DER DER JÜNGLING SPRICHT, IST DIE EINES PRINZEN. „NUN KENNE ICH EUREN AUFTRAG, MEINE HERREN ... DOCH ICH SAGE EUCH, DASS EIN ANGRIFFSKRIEG NUR DIE GRUNDLAGE FÜR NEUE KRIEGE IST.“
165 4-7-40
Copr 1940, King Features Syndicate, Inc., World rights reserved.
CHARLES MARTEL DEFEATS MOORS 732
SAVE THIS STAMP

TRISTRAM
SAVE THIS STAMP
Prinz Eisenherz
KALLA KRAN
SAVE THIS STAMP
NACHDEM EISENHERZ ES ABGELEHNT HAT, EINEN FELDZUG GEGEN DIE VERSPRENGTEN HUNNEN ZU FÜHREN, SAGT ER: „EURE REICHE SIND VOR DEN HUNNEN SICHER, SOLANGE DIESER PASS GEHALTEN WIRD. UNTERSTÜTZT DAHER DIE VERTEIDIGER DES PASSES."
„DIES IST HULTA, DAS OBERHAUPT DER VERTEIDIGER DES PASSES."
HULTA GELEITET DIE GESANDTEN AUF DEN PASS, WO BEREITS EINE BEFESTIGTE STADT IM AUFBAU IST.
BALD HEISST ES AUCH, DIE GRENZEN FESTZULEGEN UND DAS LAND ZUZUTEILEN. DAS SIND FÜR FLITZ GLÜCKLICHE TAGE, DA ER UND HULTA VIEL ZUSAMMEN SIND.
SEIN GLÜCK WÄRE VOLLKOMMEN, GÄBE ES NICHT DIE STAMMESSITTE, DASS ER SICH IM KAMPF MIT SEINEM RIVALEN ALS IHRER WÜRDIG ERWEISEN MUSS.
KLEINE TRUPPS HUNGRIGER HUNNEN, VERSPRENGTE ÜBERRESTE DER GROSSEN ARMEE, ZIEHEN NOCH DURCH DIE BERGE. SOLCH EINE SCHAR FOLGT IHNEN SCHON TAGELANG, UM LEICHTE BEUTE ZU MACHEN.
ALS HULTA AM MORGEN WEIT VOM LAGER IN EINEM TEICH BADET, SCHLEICHEN DIE HUNNEN GRINSEND NÄHER.
CRUSADERS 1097 A.D. GODFREY
SAVE THIS STAMP
ÜBER DAS LEISE MURMELN DES BACHES TÖNEN ZU FLITZ EIN GEDÄMPFTER SCHREI UND GRAUSAMES LACHEN HERÜBER.
ER LÄUFT RASCH IN DIE RICHTUNG DES GERÄUSCHES UND SIEHT, WIE SEINE GELIEBTE HULTA SICH GEGEN FÜNF HUNNEN WEHRT!
166 4-14-40
HAL FOSTER
FLITZ HÄLT INNE. ER LIEBT DAS MÄDCHEN MIT DEM ROTBLONDEN HAAR UND DEM GROSSEN REICHTUM... ABER ER IST UNBEWAFFNET, ALLEIN GEGEN FÜNF... „DA HEISST ES, ALLES LOGISCH ABWÄGEN", MEINT ER ZÖGERND...
CRUSADERS 1191 A.D. RICHARD LION HEART
SAVE THIS STAMP

Prinz Eisenherz
TRISTRAM
SAVE THIS STAMP
KALLA KHAN
SAVE THIS STAMP
EINEN AUGENBLICK LANG ÜBERLEGT FLITZ, DASS DAS LEBEN AUCH OHNE HULTA UND IHREN REICHTUM SEINE REIZE HAT. DANN SIEHT ER WIEDER, WIE SICH HULTA VERGEBENS ZUR WEHR SETZT UND HÖRT, WIE IHRE BRUTALEN ANGREIFER LACHEN, ALS IHRE GEGENWEHR SCHWÄCHER WIRD.
UND DA GEHT ETWAS IN FLITZ VOR ...
ER SCHLÄGT ALLE LOGIK IN DEN WIND UND HANDELT! VERGESSEN SIND BERECHNUNGEN, GEFAHR UND DER GEDANKE AN DIE ÜBERMACHT ... DIE FRAU, DIE ER LIEBT, IST IN GEFAHR!
SIE SEHEN IHN KOMMEN, UND EIN GRINSENDER HUNNE ERWARTET DEN TOLLKÜHNEN UNBEWAFFNETEN NARREN, UM IHN NIEDERZUSTRECKEN.
DOCH IN DEN HÄNDEN EINES EXPERTEN KANN EINE SCHLEUDER EINE FÜRCHTERLICHE WAFFE SEIN ...
UND TROTZ SEINES UNBÄNDIGEN ZORNS BLEIBT FLITZ EIN EXPERTE.
EIN ANDERER HUNNE BEGEHT DEN FEHLER, NICHT DARAN ZU DENKEN, DASS IHR OPFER DIE TOCHTER EINES KRIEGERS IST.
UND WIEDER VERRICHTET DIE FRISCHGELADENE SCHLEUDER IHR WERK.
CHARLEMAGNE 800 A.D.
EMPEROR OF ROME
SAVE THIS STAMP
ES GESCHIEHT ALLES SO SCHNELL, DASS FLITZ UND HULTA SCHON ZUM FLUSS LAUFEN, EHE DIE VERBLEIBENDEN HUNNEN PFEIL UND BOGEN ZUR HAND HABEN.
167 4-21-40
Copr. 1940, King Features Syndicate, Inc., World rights reserved
HAL FOSTER
ALS SIE HINEINSPRINGEN, HÖRT FLITZ HULTA GERADE NOCH RUFEN: „... ICH KANN NICHT SCHWIMMEN!"
DIED 814
SAVE THIS STAMP

Prinz Eisenherz
TRISTRAM
SAVE THIS STAMP
KALLA KRAN
SAVE THIS STAMP
EIN LEBEN LANG HATTE FLITZ EIN BERECHNENDES WESEN. DOCH ALS HULTA IN LEBENSGEFAHR SCHWEBTE, BEGING ER SEINE ERSTE MUTIGE, SELBSTLOSE TAT...
FLITZ IST MIT HULTA IN DEN FLUSS GESPRUNGEN, OHNE ZU AHNEN, DASS SIE NICHT SCHWIMMEN KANN. KURZENTSCHLOSSEN PACKT ER IHR LANGES HAAR UND SCHWIMMT MIT KRÄFTIGEN ZÜGEN LOS.
EIN FELS IN DER FLUSSMITTE GEWAHRT FÜRS ERSTE SCHUTZ VOR DEN SCHWIRRENDEN PFEILEN
IM LAGER HÖRT MAN LEISE FLITZ' RUFE
DAS WASSER SPÜLT SIE GERADE VON DEM SCHÜTZENDEN FELSEN FORT, ALS ENDLICH HILFE KOMMT.
FLITZ LÄSST SICH MIT DER STRÖMUNG TREIBEN UND ERREICHT SO MIT SEINER SÜSSEN LAST DAS UFER
ER ERKENNT PLÖTZLICH, DASS IHM DIESES MÄDCHEN MEHR BEDEUTET, ALS SEIN LEBEN... DAS MACHT IHM EIN WENIG ANGST
ZU DEN STAMMESKRIEGERN SAGT ER RUHIG: „ICH WERDE EURE HERRSCHERIN HEIRATEN UND BIN BEREIT, MIT MEINEM RIVALEN ZU KÄMPFEN, WIE ES DER BRAUCH IST."
SAVE THIS STAMP
„DEM GESETZ IST BEREITS GENUGE GETAN. DU HAST IHR DAS LEBEN GERETTET. LASS MICH DER ERSTE SEIN, DER DICH ALS NEUEN HAUPTMANN IN UNSEREM STAMM WILLKOMMEN HEISST!"
168 4-28-40
HAL FOSTER
DAS ALLES IST ZUVIEL FÜR FLITZ. ER MUSS SICH HINSETZEN. ER SPÜRT EINE SANFTE UMARMUNG UND DENKT: „KEIN TRICK UND KEINE LIST HABEN MIR JE SO EINEN SÜSSEN LOHN GEBRACHT WIE DIESE EINE HELDENTAT!"
SAVE THIS STAMP

TRISTRAM
SAVE THIS STAMP
Prinz Eisenherz
KALLA KRAN
SAVE THIS STAMP
DER ZUFALL HAT ALLE HINDERNISSE FÜR HULTA UND FLITZ AUS DEM WEG GERÄUMT. ER WIRD VON NUN AN IN DEM SCHÖNEN GLAUBEN LEBEN, DASS KEINE FRAU DER WELT AUCH NUR HALB SO SCHÖN WIE HULTA IST.
ER SCHMIEDET UNGELENKE REIME AUF IHRE SCHÖNHEIT, SIE SINGT IHM VERSPIELTE LIEDCHEN, UND ALL JENE, DENEN IHR VERLIEBTES TURTELN ZUWIDER IST, REDEN SICH EIN, DASS DIE EHE DIESEM UNSINN BALD EIN ENDE MACHEN WIRD!
IST FLITZ EINMAL GETRENNT VON DER GELIEBTEN, IST ER GANZ DER ALTE UND BETEILIGT SICH AKTIV AN DEN PLANUNGEN DER VERTEIDIGUNGSANLAGEN DES PASSES.
DAS EROBERTE NACHSCHUBLAGER IST JETZT FAST VERLASSEN. DIE KRIEGER, DURCH IHREN ANTEIL AN DER BEUTE REICH GEWORDEN, SIND IHRES WEGES GEZOGEN. VIELE SIND IN DEN DIENST VON HULTA UND FLITZ GETRETEN UND SCHLIESSEN SICH IHREM STAMM AN.
DAS LETZTE GEMEINSAME FESTMAHL WIRD ZU EHREN DER VERMÄHLUNG VON FLITZ UND HULTA ABGEHALTEN. ES WIRD VIEL GESUNGEN UND GESCHERZT, GELACHT UND PLÖTZLICH GESCHWIEGEN. DENN BEI ALLEM FROHSINN GIBT ES AUCH SCHWERE HERZEN, DA SICH DIE WEGE ALTER FREUNDE TRENNEN. MAN ERINNERT SICH AN DURCHLEBTE GEFAHREN UND GEMEINSAM BEGANGENE TATEN. DIE ABSCHIEDSSTUNDE KOMMT WIE EINE FINSTERE WOLKE NÄHER.
DOCH DIE DREI RITTER VON KÖNIG ARTHURS TAFELRUNDE WOLLEN GEMEINSAM NACH ROM, DER EWIGEN STADT, REITEN.
Copr. 1940, King Features Syndicate, Inc., World rights reserved.
HAL FOSTER
DOCH DAS SCHICKSAL STELLT IHNEN EINIGE GLÜCKSSPIELER, EINE AXT UND EINEN RIESEN IN DEN WEG, SO DASS ES NOCH EINE WEILE DAUERN WIRD, EHE SIE DORT ANKOMMEN.
169 5-5-40

TRISTRAM
SAVE THIS STAMP
Prinz Eisenherz
KALLA KRAN
SAVE THIS STAMP
PRINZ EISENHERZ HAT NICHT NUR DIE HUNNENARMEE ZERSTREUT, ER HAT AUCH DAS VERTRAUEN DER HUNNENNATION IN DIE EIGENE UNBESIEGBARKEIT ERSCHÜTTERT. NUR NOCH VEREINZELTE GRUPPEN VON HUNNEN BEGEHEN ÜBERFÄLLE. DAHER KANN ER UNBESORGT NACH ROM REISEN.
GEGEN ABEND DES ERSTEN TAGES ERREICHEN ER, GAWAIN UND TRISTAN EIN KLEINES DORF...
HIER WOLLEN SIE IN DER TAVERNE ÜBERNACHTEN.
DREI ANDERE GÄSTE, FROHGEMUTE EDELLEUTE, VERBRINGEN DEN GANZEN ABEND BEIM WÜRFELSPIEL. JE LÄNGER SIE SPIELEN, DESTO HÖHER WERDEN DIE EINSÄTZE.
UND GAWAIN, EINEM GUTEN SPIELCHEN NICHT ABHOLD, GESELLT SICH ZU DEN SPIELERN. VON DA AN WIRD AUS DEM SPIEL ERNST.
WÄHREND DER GEMEINSAMEN WANDERSCHAFT HAT FLITZ EISENHERZ SO MANCHEN SEINER TRICKS GEZEIGT. EINIGE DAVON WENDEN AUCH DIE DREI EDELLEUTE AM SPIELTISCH AN.
BEVOR EISENHERZ ZU BETT GEHT, WEIST ER DEN STALLBURSCHEN AN, IHN ZU WECKEN, FALLS DIE DREI SPIELER NACH IHREN PFERDEN VERLANGEN.
DER JUNGE WECKT IHN KURZ VOR DEM MORGENGRAUEN „SIE HABEN IHRE PFERDE SATTELN LASSEN UND WOLLEN IN EINIGEN MINUTEN WEGREITEN, HERR!“
DAS SPIEL IST NÄMLICH BEENDET UND GAWAIN FÜHRT EIN SELBSTGESPRÄCH: „MEIN HERR, IHR SEID EIN GROSSER TROTTEL. NICHT EINMAL AUS FEHLERN LERNT IHR! IHR HATTET SCHON EUER GANZES GELD VERLOREN, DA MUSSTET IHR IDIOT OBENDREIN NOCH PFERD UND AUSRÜSTUNG AUFS SPIEL SETZEN! ICH SEHE SCHWARZ FÜR EURE ZUKUNFT!“
170 5-12-40
HAL FOSTER
DIE BEIDEN GERÜSTETEN RITTER, DIE DEN GLÜCKSSPIELERN DEN WEG VERSTELLEN, VERHEISSEN NICHTS GUTES.

TRISTRAM
SAVE THIS STAMP
Prinz Eisenherz
KALLA KRAN
SAVE THIS STAMP
DIE DREI ALS EDELLEUTE GETARNTEN GLÜCKSSPIELER, DIE GAWAIN VÖLLIG AUSGENOMMEN HABEN, WERDEN VON TRISTAN UND EISENHERZ WORTLOS IN DEN HOF DER TAVERNE GEBRACHT...
DANN RUFEN SIE GAWAIN HERBEI.
„KOMM, GAWAIN, ALTER KNABE UND SIEH ZU, WIE ICH DEIN GELD ZURÜCKGEWINNE. KANNST VON GLÜCK REDEN, DASS DIESE SCHUFTE DIR NICHT AUCH NOCH DIE SPIELSACHEN UND WINDELN ABGENOMMEN HABEN!"
„UND NUN, MEINE HERREN, SETZT EURE BÖRSEN GEGEN DIE MEINE, DANN WERFE ICH DIE WÜRFEL, WIE ICH ES BEI FLITZ GELERNT HABE... UND WIE IHR DAS LETZTE NACHT GEMACHT HABT! SEHT, ICH HABE GE-WONNEN!"
„IHR BETRÜGER!" BRÜLLT GAWAIN WUTENTBRANNT. „DAFÜR WILL ICH HERZBLUT SEHEN!" DABEI TRITT ER ZURÜCK, UM SEIN SCHWERT ZIEHEN ZU KÖNNEN...
SPÄTER MEINT ER, ER WÜRDE NIE WIEDER AM WASCH-TAG IM HOF EINER TAVERNE SEIN SCHWERT ZIEHEN!
ER FÄLLT IN DEN WASCHZUBER UND REISST BEIM STURZ DIE WÄSCHELEINE MIT!
EISENHERZ RUFT DIE DICKE FRAU DES WIRTS UND ZEIGT AUF DAS WIR-RE KNÄUEL. „ICH FÜRCHTE, DA WILL JEMAND EURE WÄSCHE STEHLEN!"
„AH! DU DIEB! (RUMS) DU SCHUFT! (PATSCH) DU LUMP! (PENG) RAUS AUS MEINEM WASCHZUBER!"
171 5-19-40
Copr. 1940, King Features Syndicate, Inc., World rights reserved.
GAWAIN WÜRDE IHREM WUNSCH GERNE NACHKOMMEN, DOCH VER-GEBENS! WENN IHM NICHT JEMAND HILFT, MUSS ER DEN REST SEINES LEBENS WIE EINE SCHILDKRÖTE HERUMKRABBELN!
HAL FOSTER

Prinz Eisenherz
TRISTRAM
SAVE THIS STAMP
KALLA KRAN
SAVE THIS STAMP
DER EDLE RITTER GAWAIN FINDET SEINE LAGE ÄUSSERST WÜRDELOS.
„EISENHERZ, TRISTAN, HELFT MIR, DAMIT ICH MEINE TAGE AUF ERDEN NICHT WIE EINE SCHILDKRÖTE BEENDEN MUSS."
DER STALLBURSCHE LÖST SCHLIESSLICH DAS PROBLEM MIT DEM VORSCHLAG, DIE FASSREIFEN ZU ZERSCHLAGEN. ZU DIESEM ZWECK BRINGT ER GLEICH EINE SCHARFE AXT HERBEI.
DER SCHLÄGT JEDOCH KRÄFTIGER ZU, ALS ES FÜR DAS DURCHTRENNEN DER FASSREIFEN NÖTIG WÄRE.
MANCHE VERLETZTE ERNTEN MITGEFÜHL. DOCH DIE ART VON GAWAINS VERLETZUNG LÖST BEI SEINEN FREUNDEN NUR SPOTT UND LACHEN AUS, WÄHREND ER EINE FINSTERE MIENE ZIEHT.
GAWAIN WIRD ERST IN ZWEI ODER DREI TAGEN WIEDER REITEN KÖNNEN. ER STÖHNT OB DER ERZWUNGENEN RUHEPAUSE.
INZWISCHEN SAGT TRISTAN ZU DEN DREI SPIELERN: „ES IST SO BRAUCH, DASS EIN RITTER JEDEN TAG EINE NÜTZLICHE TAT TUT. ICH ZUM BEISPIEL SCHÄRFE MEIN LANGES SCHWERT, UND IHR ...?" SIE SCHAUEN ÄNGSTLICH AUF DAS BLITZENDE SCHWERT UND MACHEN SICH ANS WERK.
NACH GETANER ARBEIT SCHICKT SIE TRISTAN MIT ALLER GEBOTENEN RITTERLICHEN HÖFLICHKEIT IHRER WEGE.
DA EIN ECHTER RITTER ZU DAMEN RITTERLICH SEIN MUSS, SPAZIERT TRISTAN INS DORF, UM BEI DEN DORFSCHÖNEN ZU ÜBEN. ES GAB KEINE KLAGEN.
172 5-26-40
HAL FOSTER
EISENHERZ, DER IN ENTGEGENGESETZTER RICHTUNG GEHT, TRIFFT EINEN BAUERN, DER AUSSER ATEM RUFT: „DER RIESE! DER RIESE KOMMT!"

TRISTRAM
SAVE THIS STAMP
Prinz Eisenherz
KALLA KRAN
SAVE THIS STAMP
ALS EISENHERZ IN DIE RICHTUNG SCHAUT, AUS DER DER BAUER KAM, SIEHT ER KEINEN FURCHTEINFLÖSSENDEN RIESEN, SONDERN NUR EINEN PRAHLERISCHEN ZWERG.
DIESER KOMMT AUF KURZEN, KRUMMEN BEINEN DAHERSTOLZIERT.
DER ZWERG RUNZELT GEWICHTIG DIE STIRN UND LIEST DANN DIE LISTE VON GEGENSTÄNDEN VOR, DIE DER RIESE FORDERT. „SCHICKT ALL DIES AUF DEM RÜCKEN ZWEIER ARBEITSPFERDE, DIE EIN SKLAVE FÜHRT, SONST GERÄT MEIN HERR IN ZORN UND KOMMT!"
„ZWEIMAL IM JAHR STELLT DER RIESE IN ALLEN DÖRFERN DER UMGEBUNG SEINE FORDERUNGEN", ERLÄUTERT DER DORFÄLTESTE. „VIELE WOLLTEN IHN SCHON TÖTEN... ABER KEINER KEHRTE JE ZURÜCK."
„ICH WILL DEN SKLAVEN SPIELEN UND ZURÜCKKOMMEN... HOFFE ICH!" SAGT EISENHERZ UND LEGT EINEN MANTEL AN, DER DAS "SINGENDE SCHWERT" VERBIRGT.
DER WEG FÜHRT DURCH EINE KARGE LANDSCHAFT UND SCHLIESSLICH HINAB IN EINE SCHMALE SCHLUCHT. VERBEULTE SCHILDE UND HELME BESIEGTER RITTER SIND GRAUSIGE WARNZEICHEN.
HAL FOSTER
EIN UNHEIMLICHER ORT VOLLER SCHATTEN, PHANTASTISCHER STEINFORMATIONEN UND LASTENDER STILLE... HIER IST VIELES MÖGLICH, DAS ANDERSWO UNWAHRSCHEINLICH ERSCHEINT... EISENHERZ HAT DAS UNBESTIMMTE GEFÜHL, BEOBACHTET ZU WERDEN!
Copr. 1940, King Features Syndicate, Inc., World rights reserved
173 6-2-40

TRISTRAM
SAVE THIS STAMP
Prinz Eisenherz
KALLA KAAN
SAVE THIS STAMP
OBWOHL SICH EISENHERZ IN DEM UNHEIMLICH WIRKENDEN TAL BEOBACHTET FÜHLT, GEHT ER UNBEIRRT UND GLEICHMÄSSIG WEITER.
SEINE BELADENEN PFERD FÜHRT ER HINTER SICH HER.
EIN VERSTOHLENER BLICK NACH HINTEN ZEIGT IHM, WAS ER NICHT ZU SEHEN HOFFTE. IN DER PHANTASTISCHEN SCHLUCHT STEHT RIESIG UND BEDROHLICH EIN UNGEHEUER.
EISENHERZ WUNDERT SICH. ER MUSS AN DEM UNHOLD VORBEIGEGANGEN SEIN. DENNOCH HABEN SEINE PFERDE NICHT GESCHEUT, UND TIERE DER WILDNIS HÜPFEN VERTRAUENSVOLL UM DEN RIESEN HERUM. DAS MUSS ETWAS ZU BEDEUTEN HABEN.
DIE SCHLUCHT VERENGT SICH ZU EINEM SCHMALEN SPALT, IN DEN EIN STARKER TORBOGEN EINGELASSEN IST... NUN GIBT ES KEINE UMKEHR MEHR.
EISENHERZ GEHT HINDURCH. ALS ER SICH UMSIEHT, ENTDECKT ER DEN RIESEN, DER DAS TOR VERSCHLIESST. JETZT SITZT ER IN DER FALLE!
HINTER DEM TOR BEGINNT EIN WALD. EISENHERZ NIMMT PFEIL UND BOGEN AUS IHREM VERSTECK UND VERSCHWINDET IM DICHTEN LAUB.
BALD DARAUF SCHREITET DIE RIESIGE GESTALT AN IHM VORBEI!
AM ENDE DES WALDES ENTDECKT DER RIESE DIE ABWESENHEIT DES NEUEN SKLAVEN... ER WIRBELT HERUM UND RUFT HEISER: „DU KANNST NICHT FLIEHEN. DU MUSST ZU MIR KOMMEN ODER VERHUNGERN!"
174 6-9-40
HAL FOSTER
ALS ER SICH SEINER BEHAUSUNG ZUWENDET, KOMMT IHM EINE MEUTE HERRENLOSER HUNDE ENTGEGEN UND BEGRÜSST IHN MIT FREUDIGEM KLÄFFEN.
Copr. 1940, King Features Syndicate, Inc., World rights reserved.

TRISTRAM
SAVE THIS STAMP
Prinz Eisenherz
KALLA KRAN
SAVE THIS STAMP
VOM GEÄST EINES BAUMES AUS BEOBACHTET PRINZ EISENHERZ, WIE DER RIESE, VON DEM ER DIE UMGEBUNG BEFREIEN WILL, VON JAPSENDEN HUNDEN UMHÜPFT, HEIMWÄRTS SCHREITET. WIE EIN GUTER GENERAL PLANT EISENHERZ EINEN TAKTISCHEN RÜCKZUG, EHE ER ZUM ANGRIFF ÜBERGEHT.
DER BACH, DER DAS FRUCHTBARE TAL BEWÄSSERT, MUSS AUCH EINEN ABFLUSS HABEN.
ABER DER BACH STÜRZT SENKRECHT IN EINE TIEFER GELEGENE SCHLUCHT.
ES IST UNMÖGLICH, AUS DER SCHLUCHT, IN DER SCHAFE UND RINDER WEIDEN UND SKLAVEN AUF DEN FELDERN ARBEITEN, ZU KLETTERN.
BEI SONNENAUFGANG GEHT ER ERNEUT IN DEN WALD UND BESCHÄFTIGT SICH, BIS ES DUNKEL IST.
LEISE SCHLEICHT EISENHERZ IN DER SAMTENEN DUNKELHEIT ZUM HAUS DES RIESEN UND HAKT SEINE STANGE AN DER MAUER FEST.
VON DER MAUER AUS ERREICHT ER DEN SIMS EINES ERLEUCHTETEN FENSTERS. VON DRINNEN DRINGT STIMMENGEWIRR AN SEIN OHR.
HAL FOSTER
DURCH DIE FENSTERLÄDEN ERBLICKT EISENHERZ EINE ALPTRAUMHAFTE SZENE. UM DEN TISCH HERUM SITZEN KRÜPPEL, MISSGEBURTEN, DORFTROTTEL, ZWERGE UND DER RIESE ... DIE AUSGESTOSSENEN DER WELT.
Copr. 1940, King Features Syndicate, Inc., World rights reserved
175 6-16-40

TRISTRAM
SAVE THIS STAMP
Prinz Eisenherz
KALLA KRAN
SAVE THIS STAMP
EISENHERZ WUNDERT SICH DARÜBER, DASS DER IN DER UMGEBUNG SO GEFÜRCHTETE RIESE IN SEINEM TAL FÜR ALL DIE AUSGESTOSSENEN DER WELT - OB MENSCH ODER TIER - SORGT.
ER GLAUBT, DES RÄTSELS LÖSUNG GEFUNDEN ZU HABEN UND WILL DIESE AM MORGEN ÜBERPRÜFEN.
DAHER STELLT ER SICH BEI SONNENAUFGANG IN VOLLER GRÖSSE VOR DAS HAUS. PFEIL UND BOGEN VERBIRGT ER JEDOCH HINTER SEINEM MANTEL.
„ALSO DOCH!" BRÜLLT DER RIESE. „UNSER NEUER SKLAVE WILL LIEBER ARBEITEN ALS VERHUNGERN!"
PLÖTZLICH HOLT EISENHERZ DEN BOGEN HERVOR. „EIN SCHRITT WEITER, UND ICH ERSCHIESSE JEDEN HUND DEINER MEUTE", RUFT ER.
DAS SCHWERFÄLLIGE GESICHT DES RIESEN VERLIERT SEINE BÖSE MIENE. EINEN AUGENBLICK LANG SCHEINT ER VERWIRRT ZU SEIN, DANN RUFT ER MIT SORGENVOLLEM BLICK: „NEIN, NEIN! TUT MEINEN FREUNDEN NICHTS!"
„SIE SIND NUR ARME AUSGESTOSSENE, VERTRIEBEN VON DER GRAUSAMKEIT VON MENSCHEN DEINER ART. VERSCHONE SIE, UND DU KANNST GEHEN. ICH HABE DIESES TAL FÜR ALL JENE GEMACHT, DIE DRAUSSEN IN DER WELT VERHÖHNT UND GEQUÄLT WERDEN... GEH, ABER BEWAHRE UNSER GEHEIMNIS!"
HAL FOSTER
Copr. 1940, King Features Syndicate, Inc., World rights reserved.
176 6-23-40

Prinz Eisenherz

TRISTRAM
SAVE THIS STAMP
Prinz Eisenherz
KALLA KHAN
SAVE THIS STAMP
GESPANNT VERFOLGT EISENHERZ DIE GESCHICHTE DES RIESEN, DER, VON DER AUSSENWELT GEFÜRCHTET, IN SEINEM TAL EINE ZUFLUCHT FÜR ALLE AUSGESTOSSENEN DER WELT GESCHAFFEN HAT.
„NUN KENNT IHR MEIN GEHEIMNIS", SAGT DER RIESE TRAURIG. „ES WIRD MICH NIEMAND MEHR FÜRCHTEN, UND MEINE FREUNDE MÜSSEN VERHUNGERN."
„ICH VERSTEHE DICH UND FÜHLE MIT DIR. ABER ICH HABE MEIN RITTERWORT GEGEBEN, DIE GEGEND VOM RIESEN ZU BEFREIEN. UND DAS WILL ICH TUN... ABER AUF MEINE WEISE."
„SCHAU, DIE FELDER SIND FRUCHTBAR, DEINE HERDEN MEHREN SICH. IHR HABT HIER MEHR, ALS IHR VERBRAUCHEN KÖNNT. ÖFFNET DIE TORE UND TREIBT HANDEL MIT EUREN NACHBARN. TAUSCHT IHRE FURCHT GEGEN IHRE ACHTUNG EIN!"
„VERTRAUEN UND FREUNDSCHAFT LERNTE ICH NIE KENNEN. GEACHTETER LANDBESITZER ZU SEIN, DAS WÄRE ZU SCHÖN, UM WAHR ZU SEIN. ABER ICH WILL ES VERSUCHEN."
DER RIESE RUFT SEINE SKLAVEN ZUSAMMEN UND VERKÜNDET: „ICH GEBE EUCH ALLEN EURE FREIHEIT ZURÜCK. WER BLEIBEN WILL, BEKOMMT GERECHTEN LOHN, GUTE KOST UND UNTERKUNFT."
DIE TORE GEHEN AUF, UND ALLE ARBEITER LAUFEN JUBELND HINAUS IN DIE FREIHEIT.
„EURE IDEE WAR ZU GUT, UM WAHR ZU SEIN! SEHT, MEINE FELDER UND HERDEN SIND OHNE AUFSICHT. NIEMAND ARBEITET GERNE FÜR JEMAND, DEN ER FÜRCHTET."
„DER MENSCH SCHÄTZT NIE DAS, WAS ER HAT. NUR DAS, WAS ER NICHT HAT. WENN SIE DIE NEUE FREIHEIT AUSGEKOSTET HABEN, WERDEN SIE SICH AN DEINE GROSSZÜGIGKEIT ERINNERN. SIEH DOCH! EINIGE KOMMEN SCHON ZURÜCK!"
178 7-7-40
Copr. 1940, King Features Syndicate, Inc., World rights reserved.
HAL FOSTER
AUF EINEM ARBEITSPFERD REITEND, KEHRT EISENHERZ ZU SEINEN FREUNDEN ZURÜCK. „WER GESTERN NOCH UNGLÜCKLICHER SKLAVE WAR, WIRD MORGEN ZUFRIEDENER ARBEITER SEIN. UND DAS ALLES NUR WEGEN EINES NICHT MEHR VERSCHLOSSENEN TORES."

TRISTRAM
SAVE THIS STAMP
Prinz Eisenherz
KALLA KRAN
SAVE THIS STAMP
ALS EISENHERZ AUS DEM TAL DES RIESEN ZURÜCKKEHRT, IST DER RIESE KEINE BEDROHUNG MEHR FÜR DIE UMWELT, SONDERN AUF DEM BESTEN WEGE, EIN ANGESEHENER LANDBESITZER ZU WERDEN.
„DER RIESE BIETET ARBEITERN AUF SEINEM FRUCHTBAREN LAND GUTEN LOHN. ER HANDELT AUCH MIT VIEH UND KORN MIT SEINEN NACHBARN. BEGEGNET IHM MIT ACHTUNG UND RESPEKT, SO BRAUCHT IHR IHN NIE WIEDER ZU FÜRCHTEN."
„DIESE AUFGABE IST GELÖST. ALS DANN, FREUNDE, WENN GAWAINS VERLÄNGERTES RÜCKGRAT VERHEILT IST, KÖNNEN WIR ABREISEN."
UNTER ÄCHZEN UND STÖHNEN HIEVT SICH GAWAIN IN DEN GEPOLSTERTEN SATTEL, DANN GEHT DIE REISE NACH ROM WEITER.
DIE REISE VERLÄUFT EREIGNISLOS, BIS DAS ADRIATISCHE MEER BLAU AM HORIZONT SCHIMMERT. HIER STOSSEN SIE AUF EINE GRUPPE REISENDER HÄNDLER, DIE SICH HINTER EINEM FLACHEN HÜGEL VERSTECKEN.
„WIR WAGEN UNS NICHT WEITER, WEIL JENER WÄCHTER DORT BESAGT, DASS IN DER NÄHE EIN HUNNENLAGER IST."
ES SCHEINT RATSAM, DEN WÄCHTER GERÄUSCHLOS MIT EINEM PFEIL ZU BESEITIGEN. DAS FÜHRT ZU DER STREITFRAGE, WER WOHL DER BESSERE BOGENSCHÜTZE SEI.
ES WERDEN WETTEN ABGESCHLOSSEN UND SORGFÄLTIG PFEILE AUSGEWÄHLT. AUF EIN SIGNAL HIN SCHWIRREN DREI PFEILE LOS.
Copr. 1940, King Features Syndicate, Inc., World rights reserved
ES TRAF DEN WÄCHTER ZIEMLICH HART, ABER – SO MEINTE TRISTAN SPÄTER – ER HÄTTE FÜR UNS DAS GLEICHE GETAN, HÄTTE ER UNS ZUERST ENTDECKT.
ES IST, WIE DIE KAUFLEUTE VERMUTET HABEN. UNTER DER STELLUNG DES WACHPOSTENS LAGERT EINE HUNNENHORDE.
179 7-14-40
HAL FOSTER

Prinz Eisenherz

180 7-21-40

TRISTRAM
SAVE THIS STAMP
Prinz Eisenherz
KALLA KRAN
SAVE THIS STAMP
DIE PFERDE DER HUNNEN PRESCHEN IN WILDER PANIK VOR DEN MIT FACKELN UND MÄNTELN WEDELNDEN ANGREIFERN HINAB ZUR VENETISCHEN EBENE
UND DIE HUNNEN, BEKANNT OB IHRER REITKÜNSTE, ERLEIDEN DIE SCHMACH, VON DEN EIGENEN PFERDEN IN DEN STAUB GETRAMPELT ZU WERDEN.
SIE TREIBEN DIE HERDE HINAUS IN DIE EBENE, OHNE SICH UM DEREN ÜBERRANNTE EIGENTÜMER ZU KÜMMERN. DENN ZU FUSS IST DER HUNNE HILFLOS.
EINIGE MEILEN WEITER TREFFEN DIE DREI KAMERADEN AUF WEITERE OPFER DER HUNNEN. „WIR SIND VENETER. DIE HUNNEN VERTRIEBEN UNS AUS UNSERER HEIMAT, SO DASS WIR NUN ZUFLUCHT AUF INSELN IM MITTELMEER SUCHEN."
„WIR BRAUCHEN STEINE FÜR HÄUSER UND HOLZ FÜR SCHIFFE. DOCH DIE HUNNEN BEHELLIGEN UNS, UND WIR KÖNNEN UNS GEGEN SIE NICHT WEHREN."
ALS DIE VENETER ERFAHREN, DASS DIE DREI RITTER DIE BERÜHMTEN ANFÜHRER DER "HUNNENJÄGER" SIND, BITTEN SIE SIE, EIN VERTEIDIGUNGSHEER ZU ORGANISIEREN.
WÄHREND GAWAIN UNTERNEHMUNGSLUSTIGE JUNGE MÄNNER ALS REITER AUSBILDET, UNTERRICHTET PRINZ EISENHERZ FUSSOLDATEN IN DEN KAMPFMETHODEN, DIE SICH IN DEN WAFFENGÄNGEN MIT DEN HUNNEN ALS SO ERFOLGREICH ERWIESEN HABEN..
TRISTAN SUCHT SICH DIE KLÜGSTEN KÖPFE AUS UND GIBT IHNEN GEDULDIG UNTERRICHT DARIN, EINE ARMEE ZU FÜHREN
HAL FOSTER
DANN REISEN SIE ETWAS REICHER WEITER OHNE IM GERINGSTEN ZU AHNEN, DASS SIE SOEBEN BEIM AUFBAU VON VENEDIG HALFEN. VON VENEDIG, DAS BALD AN SCHÖNHEIT, GRÖSSE UND MACHT MIT ROM WETTEIFERN SOLLTE.
181 7-28-40

TRISTRAM
SAVE THIS STAMP
Prinz Eisenherz
KALLA KRAN
SAVE THIS STAMP
DIE VENETER HINTER SICH LASSEND, REITEN PRINZ EISENHERZ, GAWAIN UND TRISTAN WEITER. DIE ERSTE GROSSE RÖMISCHE ANSIEDLUNG, DIE SIE ERREICHEN, IST PADUA.
HIER HAUST DIE ELENDE GEGENWART INMITTEN DER RUINEN VERGANGENER GRÖSSE.
SIE KAUFEN VORRÄTE UND EIN GROSSES ZELT, MIETEN DIENER UND ZIEHEN NUN, STANDESGEMÄSS AUSGERÜSTET, WEITER ÜBER DAS, WAS INVASIONSARMEEN VON DEN VIELGERÜHMTEN RÖMISCHEN STRASSEN ÜBRIGLIESSEN.
IN DER PO-EBENE ERLEBEN SIE EIN SELTSAMES SCHAUSPIEL. VON DEN ALPEN HER ZIEHEN GROSSE VOGELSCHAREN IN RICHTUNG SÜDEN, KREISEN UND LANDEN IM DICHTEN SCHILF.
ENTEN UND GANSE, SUMPFSCHNEPFEN UND GOLDREGENPFEIFER... ALL DIE BEKANNTEN SCHWIMMVÖGEL DES FERNEN BRITANNIENS... DIE VON WINTERSTÜRMEN IN IHRER NEBLIGEN HEIMAT KÜNDEN. DAS ZELT WIRD AUFGESCHLAGEN, UND DIE DREI FREUNDE GEBEN SICH DEM JAGDSPORT HIN, DEM SIE IN BRITANNIEN IN DEN GROSSEN SÜMPFEN HULDIGTEN.
LANGE, SCHWERE MONATE DES KAMPFES LIEGEN HINTER IHNEN, ROM UND UNBEKANNTE ABENTEUER VOR IHNEN... DOCH IM AUGENBLICK GENEHMIGEN SIE SICH EINIGE TAGE RUHEPAUSE UND GENIESSEN DIE HERRLICHEN, SORGLOSEN TAGE.
SCHLIESSLICH ZIEHEN SIE AUF DER ZERSTÖRTEN STRASSE WEITER, BIS SIE IN DER FERNE DIE WEISSEN TÜRME VON RAVENNA IM SONNENLICHT SCHIMMERN SEHEN.
HAL FOSTER
IM SCHATTEN DES STADTTORS WARTET EINE SCHWERMÜTIGE GESTALT IN ORIENTALISCHEN KLEIDERN DARAUF, DASS SIE NÄHERKOMMEN.
182 8-4-40 Copr 1940, King Features Syndicate, Inc. World rights reserved

TRISTRAM
SAVE THIS STAMP
Prinz Eisenherz
KALLA KRAN
SAVE THIS STAMP
DIE DREI RITTER DER TAFELRUNDE ERREICHEN AUF IHRER GEMÄCHLICHEN REISE NACH ROM RAVENNA. ÜBERALL SEHEN SIE RUINEN UND VERFALL. ABER NICHTS DEUTET DARAUF HIN, DASS HIER ZWANZIG JAHRE SPÄTER DAS REICH AN DIE BARBAREN ÜBERGEBEN WIRD.
ALS SIE DURCH DAS STADTTOR REITEN, MUSTERT SIE DIE GEBÜCKTE GESTALT IN ORIENTALISCHEN KLEIDERN MIT WACHEM BLICK.
DAS SCHÖNE RAVENNA. HELL LEUCHTET ES IM SONNENSCHEIN! NOCH NIE SAHEN DIE DREI RITTER AUS DEM NORDEN SOLCHE GEBÄUDE. SELBST CAMELOT, DIE STADT DER WUNDER, KANN SICH NICHT MIT IHR MESSEN.
EINE WOCHE LANG HALTEN SIE SICH ZWISCHEN DEN VIELEN WUNDERWERKEN AUF. DER REICHTUM DER BIBLIOTHEKEN FASZINIERT EISENHERZ.
ABENDS LEISTEN SIE SICH DEN GENUSS RÖMISCHER UNTERHALTUNG.
DER FRÖHLICHE GAWAIN WILL DIE LANDESSITTEN KENNENLERNEN UND KOMMT GUT ZURECHT, TROTZ SEINER BEGRENZTEN LATEINKENNTNISSE.
TRISTAN FINDET BEI EIN ODER ZWEI DUELLEN LEICHTE ÜBUNG. ES IST ALLES NUR SPASSESHALBER, UND NIEMAND WIRD ERNSTHAFT VERLETZT.
183 8-11-40
ALS SIE WEITERREISEN WOLLEN, TAUCHT DER ORIENTALE AUF: „EDLE HERREN, IHR SEID RITTER DER TAFELRUNDE, DIE GESCHWOREN HABEN, UNRECHT ZU BESTRAFEN UND DEN SCHWACHEN ZUM RECHT ZU VERHELFEN. ICH BRAUCHE EUREN SCHUTZ!“
HAL FOSTER

FORTSETZUNG IM FÜNFTEN BAND!